Noldo and His Magical Scooter

at the

Battle of the Alamo

by

Armando Rendón, Esq.

[signature]

FLORICANTO PRESS

Floricanto Press
7177 Walnut Canyon Rd.
Moorpark, California 93021
(415) 793-2662
www. floricantopress. com
ISBN:13: 978-1490428659
"Por nuestra cultura hablarán nuestros libros. Our books shall
speak for our culture."
Roberto Cabello-Argandoña, Editor

Dedication

To my grandchildren: Lauren, Lina Rose, Dominic, Elizabeth and Aitana.

Acknowledgements

All my *antepasados*, my ancestors, and my family still
residing in San Antonio, Texas, I acknowledge with the
deepest gratitude for they all had something to do with
this story of Noldo, my best pal from the past.

A special thanks and love to my Tío Davíd Reyna, born
March 16, 1915, who at age 98 is a wonderful link to a past
that is still alive in his memory; he has been a constant
source of information and affirmation about those days
that were my childhood, and Noldo's.

Historical accuracy surrounding the events at the battle
of the Alamo down to some minute details, I owe to the
generous review by Andrés Tijerina, Ph.D., Professor of
Texas and Mexican American history at Austin Community College since 1997. His feedback has been invaluable.

For the Spanish version of Noldo, I particularly de-
pended upon and am grateful for the collaboration of
Pilar Gascón-Rus, a (title/position), who labored far be-
yond the call of duty to make Noldo available to the Span-
ish-speaking world.

And another special recognition to Joe Villarreal, re-
nowned San Antonio artist who also grew up in the Westside barrio, and thus could envision Noldo's look and
character and re-create this vision for the cover to this
book.

My love and gratitude for the care and support they've
given Noldo and me, I send to Helen, my amazing wife, and
to Mark, Gail, Paul and John, our four wonderful children.

Noldo and His Magical Scooter

Noldo and His Magical Scooter

Noldo and His Magical Scooter at the Battle of the Alamo is the story of a Mexican-American boy, who, after building his own scooter from materials he finds at hand around his *barrio* home, is magically transported from 1950's San Antonio, Texas, into the middle of one of the most well-known battles for independence in the history of the Américas. We learn how a boy lived in those hard times, making do with very little, and, through the boy's eyes, watch him befriend a lad who lived more than a hundred years earlier. Through the sacrifices of the Tejano population, which pre-dated the Anglo-Texan settlers, we see verified the family and social values of a community that had become suppressed by the mid-19th century. Finally, the story forges a link for Chicanos to their historical roots in the Southwest, revealing a history that has been otherwise excluded from school textbooks and the mass media.

Armando Rendón, Esq.

Chapter 1

For Noldo, summer was a time of blasting dry heat for days on end, when he would make up games to pass the hours or play tag with neighborhood boys through the alleys or the nearby *arroyos*, chasing each other just for fun. At any moment, a flash of lightning would set the stage for sudden cloudbursts that would soak the cracked *caliche* earth of the barrio and send him home drenched to the skin.

If he were indoors, the rooms would darken as clouds massed in the Texas skies and before you knew it, *Crash!*, thunder would unleash huge drops of rain, first in splatters, then in sheets pouring down to flood the streets and backyards.

Only moments later it seemed, the clattering from the

skies and the lashing of rain would relent and the clouds would fold away far into the distance and bide their time for another attack.

As Noldo sat now, his lanky body curled up in the over-stuffed chair in *abuelita's* front room, he was enjoying one of those brief moments he loved after a storm had died down, before the sun had regained its command over the soaked earth and its people. He closed the library book he had just finished reading; its pages had been filled with il-lustrations and text about the Battle of the Álamo. He had learned that the battle had taken place in 1836 when Tejas was still a province of Mexico, but there was so much more to learn about those days. If it had rained like nowadays during that time of rebellion, he could just imagine the fighting being waged in the humid aftermath of the violent storms of South Texas.

For now, the air was cool and smelled of damp earth. With the front door open, breezes entered through the screened door, slightly water-scented, tingling his face and bare arms. It seemed that summer vacation was rushing by, so memories of moments such as these would have to last him the entire school year. He had no idea, as he let his senses soak in the world around him, that this was des-tined to be a very different summer.

"¡Arnoldo, m'hijito, ven! La sopa está lista!" his grand-mother called to him, letting him know that the pungent smell of steaming soup coming from the kitchen had reached its peak of readiness.

"Ahí voy, Abuelita," he called back. His grandmother was a great cook of all the special Mexican dishes he liked.

Armando Rendón, Esq.

Today, she had made a thick soup of tomatoes and white navy beans that melted in your mouth, with tortillas from yesterday mixed in—all laced with her blend of spices. Even on a hot day, she cooked from morning till late afternoon, always prepared to serve a meal for any one of her four sons who would drop in for breakfast on their way to work, or come by for lunch if their jobs brought them near the tiny house that had been their birthplace and nurturing zone along with their three sisters.

In the evenings, supper would be ready for the two uncles that still lived at home. Noldo—his full name was Arnoldo, but only his mother and grandmother called him that—was like the eighth child to his abuelita, so his uncles were more like brothers to him.

Noldo thought of his mother, Teresa. She had moved to California during the war to find work in the defense industry and as other women had done at that time, she had left her baby in the care of her mother and brothers and sisters. He had plenty of cousins, of course, once his older uncles came back from serving in the big war and started to get married and raise their own families. His dad, though, had not returned from service in the Navy; he had died on an island somewhere in the Pacific Ocean. His mother was the next to youngest of abuelita's seven children, so by the time Noldo came along, a whole bunch of little brown faces poked their noses at him— for a while he was the baby and a giant toy the older ones could play with. One aunt had married as well, and had two boys and a girl when Noldo was still in diapers. As he grew older, though, his turn came to fuss over the new baby cousins that came along and sometimes he ended up entertaining them while the grown-ups had their parties or discussions out on the back lawns.

Being the center of attention got Noldo into trouble from a very early age. One morning—it must have been a Saturday because several of the school-age cousins were around—Noldo's mom, Teresa, before going to work, propped him up in a high chair so he could watch his cousins play on the stone driveway that led from the street past his *Tía* Sophie and *Tío* Ramon's house. His mother worked in the pasta factory at the back end of the driveway that his Tía operated for the owner, old Mr. Barone.

Everyone was having a grand time; the cousins were playing a game of some kind that had Noldo trying to join them from where he sat, bouncing up and down in the chair. Suddenly, as the chair shook under Noldo, *bang!* It slipped off a stone just enough to send him toppling over, crashing to the ground. Poor Arnoldo landed face-first; his nose caught the sharp edge of one of the stones and blood started spurting out.

First, the cousins panicked, and then his Mom, Tía Sophie and Mr. Barone came rushing out to find out what the screaming was all about. When they saw the blood, they started shouting, too, and as they blamed the children, they grabbed for the closest thing to stop the bleeding. Tía Sophie yanked off her apron, flour stains and all, to stop the bleeding. Luckily for Noldo, his Tía Sophie lived right next to the biggest hospital in San Antonio and, despite the confusion, they quickly rushed him over for emergency treatment. Noldo survived that accident and although he himself was too young to remember what happened, he sported a memento of the day for the rest of his life, a scar across the bridge of his nose that as he grew older, got more and more jagged.

As he laid the library book down, Noldo thought of the newspaper clipping he had been using as a bookmark; it showed a scooter for sale at Joske's, a downtown store. He had imagined himself riding on the scooter, the wind blowing through his hair and all the neighborhood kids watching him whiz by. *Should he ask his abuelita about buying one for him*? The price looked pretty steep; he could never save enough money on the simple jobs he did now and then around the neighborhood. He decided it couldn't hurt to ask and see what happened.

Noldo knew better than to go to the kitchen table without first washing his hands, so he took a detour from the front room into the bathroom. As he smelled the aromas coming from the kitchen, he grinned at the black eyes that stared back at him in the mirror over the sink; grabbing a comb, he pulled it through his thick black hair, quickly scrubbed his hands with plenty of soap, and then dried them before going into the *comedor*, the dining room. Abuelita's home was rather small so it was just a few steps from one room to the other.

"*Gracias, Abuelita, huele sabrosa la sopa*," he told his grandmother as he pulled out a chair and sat down. The soup did smell delicious and he said a quick prayer of thanks before picking up a big spoon to start dipping into the bowl his grandmother had set for him.

"*Y gracias a Dios que terminó la lluvia pronto, tam-*

bién," she said. *"¿Ahora, qué vas a hacer por la tarde, M'hijo?"* Throughout the day, abuelita would thank God for everything: the change in the weather, for having someone come by, even for dropping a dish. Just now she thanked God for stopping the rain so quickly; but her question was a good one: *what was Noldo going to do all afternoon?*

"No sé, Abuelita. ¿Ah..., Abuelita?"

"Sí, M'hijito, ¿qué tienes?" His grandmother asked him, sensing there was something on his mind.

"Mire, Abuelita, este aviso; es para una escúter, una máquina-con ruedas, como una bicicleta." As he handed his grandmother the clipping, he gestured in the air, trying to describe how the scooter worked, how it had wheels, like a bicycle.

"Ay, Arnoldo, parece una máquina muy bonita y muy divertida. ¡Pero mira el precio! Hoy, como están las cosas, no sé como la podríamos comprar," his abuelita, as he had expected, agreed that the scooter was lovely and would be lots of fun for him, but because of the hard economic times, she couldn't see how they could possibly afford it.

"Sí, yo entiendo, Abuelita," Noldo told her he understood. *"El patinete cuesta demasiado,"* the boy answered, admitting that the scooter cost a lot. He forced a smile onto his face, and told her: *"Está bien, Abuelita,"* that it was okay. *"Tal vez otro día,"* but maybe another day.

All of a sudden, it seemed as if storm clouds swept across the sky. Noldo knew that times were tough for the family. He couldn't ask his uncles for help because they were busy planning their future; Tío Fred was already engaged to be married to his high school sweetheart. Tío Bobby had plans to attend college on the G.I. Bill and might even move into his own place.

Noldo quickly gulped up his soup; his lunch was even more delicious with refried frijoles wrapped in tortillas de *maíz*, but it seemed tasteless right now. Abuelita always had a fresh pot of beans cooking by lunchtime; *Don* Simón, who traveled through the barrio in his old Ford pickup delivering tortillas or *masa*, the corn dough used to make tortillas or tamales, had delivered a couple dozen tortillas to her door just a while ago. In fact, you could smell the pickup coming when the wind was blowing just right.

"Gracias, Abuelita," he told his grandmother again. He stepped into the kitchen for a moment to hug her and momentarily got wrapped up in her arms. He then picked up a baseball cap and yelled, "¡Adiós!" as he banged out the screen door leading to the backyard.

Chapter 2

What was he going to do now? Noldo asked himself as he fitted a Buccaneers baseball cap onto his head. The cap was a gift from his Tío Freddie who played shortstop on the city league team and was really good with the glove and bat. Noldo wasn't quite sure how he would spend his afternoon; most summer days he made up things to do from moment to moment. He walked out through the rickety gate of the fence that marked the end of the backyard of his home and for a while wandered down the *callejón*, a dirt road alley that separated the rears of the houses in the

14

barrio, his neighborhood on the Westside of the city. Some scattered puddles had survived the afternoon sun that blistered down, making the air steamy: just another typical summer day in South Texas.

His mind wandered along with each footstep. *All of my married uncles and aunts have more than one kid,* he thought, *and I'm the only one without a brother or sister. I'm glad I have my tíos at home; they're like brothers to me, so in a way, I'm not by myself.* Noldo's disappointment about not getting a scooter had made his thoughts as grey as the skies had been when the storm had struck that morning.

Slowly, Noldo walked up the alley, kicking a can ahead of him. Because of the heat, he began drifting into a daydream-like state; a vision floated into his mind of setting off on an adventure.

And then he saw it. Sticking out of one of the boxes that had been piled up behind someone's house was a skate! Its shiny metal caught his eye; otherwise he would have never paid attention to the boxes. Lots of people used the *callejones* as dumps for everything from garbage to furniture, even good stuff like the skate.

But where was the other skate? Noldo looked into the box where the first one had been but saw nothing. He started to move the box away so he could check inside the others, when all of a sudden a man's voice yelled out from behind a wooden fence, "Hey, watcha doin' thar. Get outta them boxes, you Mex! Dang greasers have no respect for other peoples' property." The man went on, but Noldo was already running down the alley, turning left at the end to circle back to his house. He knew that the man had said some bad things to him; his uncles had warned him to try and stay away from such folks.

Imagine, Noldo thought to himself, his attention already fixed back to his discovery: *someone threw away such a great thing*. He had never really seen a pair of skates close up, only in the newspaper ads, so he marveled at the mere configuration of the skate. He noticed how it seemed to be made of a front section and a rear section linked together by a metal plate down the middle which held the wheels with nuts and bolts.

The drawing of the scooter from the newspaper ad popped into his mind. He pulled the newspaper clipping from his pocket, looked at it and then glared back at the skate. Then just like that, he got the idea that maybe he could fit the wheels onto the ends of a board and he would have the beginnings of a scooter! *Why not?* Noldo said to himself. *I can build my own scooter!*

Noldo, his steps quick and determined, headed back home to dig into the tool box that he knew was kept in the aging garage just a few yards behind the house. The barn-like building, which once sported a coat of red paint, was so old it leaned to one side, but it was a favorite hangout of Noldo's. Besides the many family castoffs stored there— chairs with broken legs that would never be fixed, a lawn mower that needed a new handle, rusted tools, and lamps that wouldn't light, and an old Ford Model A. He used to ride that old car to the many places he read about in school. He would visualize a photo from one of the books and then imagine himself there, driving down a road or going up a mountain—that old car took Noldo to so

But right now he didn't have time

car; he had work to do. First, Noldo lift

heavy toolbox that had been in the garage

could remember. Inside were all kinds of gadge

couldn't imagine how they worked, but no one ever

them away. He dug out a hammer, a chisel, the bigge

screw driver he could find, a pair of pliers, and a crowbar.

On a shelf, he discovered a coffee can full of different kinds

of nails, just what he needed for his project.

Armed with plenty of tools—he wasn't sure which ones

he would actually use—he carried them outside to an area

shaded off by an old tree and the corner of the garage. The

humid air that always followed sudden downpours had

just begun to build up—Noldo was thankful for the shade.

With a clank, he dropped the bulky tools onto the ground,

then sat down to rest a bit and to plot his next step.

What else do I need for my scooter? He asked himself.

Wood, of course; pieces of lumber that I can saw and nail

together; but where can I find them?

"Noldo! Hey, guy, ¿qué pasa? What are you up to with

all that stuff?" Noldo looked up and saw his neighbor, Ra-

fas, slipping through an opening in the wire fence between

their houses. *Say*, he thought, *maybe Rafas' got some*

lumber.

"Hey, Rafas. You're just in time to give me a hand. I got

a great idea from a newspaper ad for a scooter. Guy, it was

too expensive, but I figured, why don't I build one? I got

the idea on how to do it when I found this roller skate.

"See," he went on, getting more excited as he described

Noldo and His Magical Scooter

plan, "I can take apart the skate and use the wheels for e scooter. All I need is some wood so I can nail the wheels bn, and then add another long piece for the handlebar. Gee, I don't have a handlebar. Well, anyway, what do you think?" Noldo stood up and grabbed Rafas by the sleeve to pull him closer to the pile of tools.

"You're gonna build a scooter; just with this stuff?" Rafas asked, his face full of doubt. "I don't know, Noldo; I mean, scooters have got all these screws and shiny metal parts, and I ain't never seen one with skate wheels."

"I haven't seen one like that either," Noldo responded, correcting his buddy's grammar as he spoke, "but that doesn't mean it's impossible." *But Rafas was right about how hard it might be to build the scooter,* Noldo thought; but it didn't have to be really fancy, just sturdy enough to hold him as he flew along on it—he could already imagine himself scooting down the sidewalks.

"Hey, Rafas! You just gave me a great idea. First, we have to make a picture of what the scooter will look like, a drawing, like we do in class when we draw cars and air-planes; well, you know when we're not paying attention to the teacher and we always get caught... Anyway, see what I mean? We'll make a drawing of what it will look like, then we'll follow the... the design. What a great idea. Thanks, Rafas!"

Rafas nodded, "Sure, sure, anytime," but he secretly wondered if his buddy might have been in the sun too long. He watched Noldo enter his house then a few moments later reappear with a pad of paper and a couple of pencils in hand.

18

Armando Rendón, Esq.

"Okay, Rafas, now we can get started." And so, sure enough, the two boys, neighbors and classmates for as long as they could remember, set about to put Noldo's ideas to paper.

Rafas was better at drawing than Noldo, so he started to sketch the basic outline of a scooter. After sketching and erasing on one page, then redrawing on several other pages, little by little the machine began to take shape. Here's what they came up with:

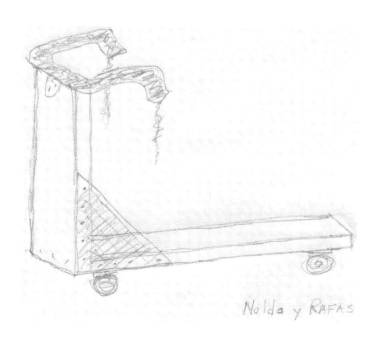

Noldo y Rafas

§ § §

Noldo and His Magical Scooter

It was your basic scooter, all right. The wheels were located toward each end, on the bottom of one piece of thick board, just like in the ads. Another board that would stand upright at the front end would be placed at the edge of the bottom board. It was Noldo's idea to add two triangular pieces to the sides of the boards where they connected, "to make it really solid," he explained. Finally, Rafas drew on a handlebar, complete with streamers.

"Well, that looks pretty swell, Rafas," Noldo told his friend as he patted him on the back. "Great job, *Amigo*."

"It doesn't look too bad, I'd say. But, Noldo you still need the lumber and nails, and the handlebar. Where are they going to come from?"

"We're going to need a good saw, too, Rafas. We'll be doing a lot of sawing. As for the lumber and handlebar, we'll get those the same place we got the skate—in the *callejón*. But let's go down toward Zarzamora Creek; the pickings should be better there." Noldo didn't mention anything about his encounter with the grumpy old man who lived up the other direction.

Folding the design of the scooter into his pocket, Noldo scrambled up from the ground; he gave a hand up to Rafas and off they went to the next part of their adventure.

Chapter 3

Westside San Antonio in the 1950s was a patchwork of mostly tiny houses that had sprung up since the early 1900s—especially when the revolution of 1910 erupted. Thousands of Mexicans had crossed the border into Texas to join family and friends who were descendants of the early Mexican settlers in *Tejas*, the northernmost province of Mexico. They called themselves Tejanos, a proud and independent-minded people. Noldo's abuelita had told him about the terrible civil turmoil in her home country which had forced her family to cross the border into Texas. She had been a young girl when she crossed the border with her mother in 1903. In those days, U.S. border officials just asked where people were going and charged them each a nickel to enter, she recalled.

The Westside was a natural area for Mexican immigrants to settle because so many Mexican Americans already lived there. Men found jobs in construction, the railroads, and harvesting all sorts of fruits, nuts and vegetables in the outlying farms. Many used their riding skills to work as cowboys on ranches. A big source of jobs for women was the pecan industry: collecting, shelling and packing pecans allowed many women to earn extra income to help their families survive.

But because it was the Mexican side of the city, the Westside was the most affected by the Depression and it remained one of the least developed neighborhoods. Noldo had heard lots of troubling stories about how his elders had survived those days—jobs had been scarce and the pay was even scarcer.

Noldo and Rafas traveled down a path that on each side showed the results of that Depression era. Some homes were little more than shacks, although here and there a family had built a neat bungalow over the years, with well-kept backyards and colorfully painted walls. His own home was a sturdy little house, built by his grandfather, who had been a construction worker and a crew foreman, so he had known how to build houses.

For now, Noldo carefully scanned the alley, not wanting to miss anything that might help them finish the scooter. Rafas tagged along, sort of bringing up the rear as he stopped often; one time he chased a lizard that scurried across the road, but it was too fast for him, ducking under some fallen branches before he could grab it.

Noldo was sure it was getting hotter by the minute, but he didn't want to stop searching. Then he saw a treasure trove of materials: someone was fixing up a house up ahead and had dumped chunks of concrete and stucco along with lengths of lumber that he was sure he could use. "Rafas! Look up there, by that wire fence. Pieces of wood that look great for our scooter!"

"But wait," Noldo warned, in a half whisper, "I almost got into trouble a while ago, 'cause I didn't make sure no one was around first. Some people throw stuff away but they still think no one else can have it."

"Uh-huh," Rafas grunted as he fell into step with Noldo.

They proceeded to walk a bit slower, as if they had all the time in the world to make it down the alley. They kicked a few stones around as they sauntered along, and then, as they got closer to the pile of castaway materials, Noldo began looking for some decent pieces of wood, which he saw next to the large chunks of stucco. Wanting to appear very casual, the boys got close to the junk and started kicking some pieces around. Noldo bent down and chose a few pieces of wood and tucked them under his arm and just like that they kept on walking along. Rafas then picked up a stick which he started to swing like a bat, pretending he was facing a mighty pitcher, and on a pretend pitch, he sent the make-believe ball clear out of the park.

"Yeaaa, Noldo; did you see that ball fly out of the park?"

"Sure, that was a great swing, Rafas. Your home run won the game!"

To see them stroll along was the most natural sight of all: two kids side by side, walking down a *callejón*; one of them hitting make-believe home runs left and right, the other with a bundle of wood under his arm, planning how the pieces would come together to make a scooter. A scooter like no other, they would soon learn.

§ § §

The boys took the long way around the block to get back to Noldo's grandmother's backyard, which they entered through the gate on the side of the house next to Rafas' home. It was a bit cooler along that path because a huge vine covered the fence between the houses, except, of course, where Rafas slipped through to visit his pal, Noldo.

Without a pause, Noldo went straight to the toolbox, where he found a small saw. It was very rusty. He also had to hunt around for an oil can—sure enough, he found one half-way hidden on a shelf that was cluttered with cans and bottles. As it turned out, he also needed a wrench to twist off the bolts on the skate. In just a few minutes, though, Noldo took apart the skate and had the two pairs of wheels he needed for his scooter!

But when he looked closely at the construction of the skate, he realized that there were still lots of details to figure out. The tops of both sections that held the skates together were not flat: the front end had a kind of curved plate to hold the tip of a shoe and the back end had a metal piece that curved around to hold the heal of a shoe— Noldo was getting a quick lesson in design that he hadn't counted on.

Never mind, he thought; *nothing is going to keep me from making my scooter.*

With Rafas' help, and some creative thinking, Noldo began to see the scooter take shape. He grabbed one of the longer 2x4s, a stud used to frame the wall of a house, and, as he stood on the board, Rafas made a pencil mark where they guessed the length was long enough to hold a rider plus the front piece that would hold the handlebar.

The second board they also measured as Noldo stood on the first board and guessed the height of the upright stud; Rafas made another pencil mark at that point. Next they had to figure out how to add the supports on the side of the scooter. When they tried the 2x4s, they were too thick, so they decided that thinner boards would work better.

"I've got it," Rafas said, snapping his fingers as he remembered that his father had used some paneling to make a work table in their garage. "It's thin and strong. My dad used some to make a really solid table in the garage where he works on motors. And I think he still has some left over, Noldo!"

"Great! Let's go over there and see what you have. We'll ask your dad if we can have some," Noldo said, as they ran to the fence and squeezed through the gap into Rafas' yard.

Sure enough, there were several scraps of the used paneling in a corner of the garage and his dad, who fixed all kinds of motors for a living, told them to take whatever they needed.

"What are you two making?" Rafas' father asked.

"A scooter!" they both shouted back as they retraced their steps to the growing pile of tools and pieces of lumber in Noldo's yard.

"Sure," Rafas' father chuckled to himself. "And I'll put a motor on it so you can ride in style!" he shouted after them. He laughed and, shaking his head at the crazy ideas kids get, returned to his work.

The boys returned to their task, eager to tackle what would turn out to be a very challenging job for them. Noldo remembered a pair of saw horses that were propped up in a corner of the garage; they would be a big help in sawing the pieces of wood. They could take turns sawing and holding the boards steady for each other.

As they put the saw horses side by side, Noldo heard a familiar sound: ice cubes clinking around in a glass pitcher—his abuelita was chilling some *agua fresca*, a fruit drink, probably from watermelon; and he bet that she also had some flour tortillas with *queso*, the white cheese he loved to eat. "Rafas, I think we need to take a break; I'm thirsty and hungry, especially now that I hear abuelita making some cold drinks for us and I think I smell some *quesadillas*."

Rafas didn't need any prodding at all; he was on his feet in a second and quickly followed Noldo to the kitchen window. "*Abuelita, por favor, dígame ¿qué está preparando?*" Noldo knew what she was preparing but nonetheless had to play along with the little joke she loved to pull on him.

"*No es nada, Arnoldo; yo sé que no te gustan ni el agua*

fresca ni las quesadillas, pero si quieres, tal vez haya algo por aquí." As always, his grandmother kidded him, that she didn't have anything special, and although she knew he didn't like her iced fruit juice or her quesadillas, she might find something for him to eat.

"*Pues, Abuelita, si hay algo, creo que me gustaría para complacerla. ¿Puedo traer a Rafas, eh, Rafael, conmigo?*" In the final part of the game, he told her that if there was something to eat, he might eat some just to please her. And he knew she would not refuse Rafas, Rafael to her, some of the hot tortillas.

"*¿Rafaelito? Sí, como no; tráelo!*" she answered; sure, Rafas was invited as well. "*Pero lávense las manos.*"

Of course, they first had to wash their hands, so before entering the house they stomped their feet around and brushed off their clothes to get the day's dust off; they were really gritty from wandering the streets and working on their project.

In a few moments, they sat down at the dining room table and *abuelita* served them each a plate of quesadillas along with large glasses of cold drink made from *sandía*, which was one of Noldo's favorites. They ate and drank quietly, while abuelita clattered about the kitchen, probably getting supper ready for her two youngest sons who still lived at home.

As he chewed his tortilla, Noldo thought about his uncles, Alfredo and Roberto. Freddie, as his friends called him, was a plumber's assistant, making good money because a lot of construction projects were booming all over town. Bobby, the youngest of all his tíos, worked as a salesman in a men's clothing shop downtown; a great dresser, he was always counted on to keep his brothers in the best suits and ties of the day.

Noldo had a couple of other uncles, but he didn't know them as well because they were older and, after serving in WWII, they had returned and got married to their *novias,* their girlfriends. The tíos that were still living at home would also get married soon, and he'd be left alone, the only man in the house.

"Noldo! Hey, buddy, looks like you're in dreamland; did you forget about the scooter?" asked Rafas, shaking Noldo out of his daydream, reminding him that they had work to do.

"¡*Chispas!*" replied Noldo, using a word that literally means 'sparks' in English, but in Spanish is a way to express being upset with something; in this case, his tendency to wander off in thought. "You're right, Rafas; let's finish up and get back to work."

With that, the boys finished up the few bits of tortilla that were left and downed the rest of their drinks. Rising from the table, Noldo called out to his grandmother, "*Gracias, Abuelita; estuvo muy sabroso,*" letting her know how delicious their snack had been. "*Gracias, Doña Virginia, la comida estuvo muy sabrosa también para mí,*" Rafas added. While Noldo had used the affectionate name for his grandmother of "abuelita," Rafas had called her "*doña,*" which was the respectful way to address women elders; of course, Rafas was over so often that he sometimes seemed

to be another grandson.

Armando Rendón, Esq.

§ § §

Well-nourished for a second bout with all the parts
that lay scattered on the garage floor, the determined duo
set to go back to work. As the afternoon wore on and the
shadows of the trees and buildings next door covered the
backyard, the worksite cooled a bit and their efforts grew
all the more earnest.

Together, the boys once again measured the length of
the floorboard, as they called it, to make sure there was
enough room for two feet, one behind the other, plus the
support for the handlebar, which would be upright and
needed to be just high enough. Noldo pictured himself fly-
ing down the street, crouching down till his head nearly
touched the handlebar, his hair whipped by the wind; he
imagined people staring in amazement as he zoomed by.

"Wow!" he said to himself.

"Wow, what?" asked Rafas, who hadn't been in on Noldo's daydream.

"Oh, just, wow, what a great idea we've got, right, Rafas?"

His friend nodded, yes, and kept sawing away at a piece
of paneling, one of the boards that would strengthen the
two main pieces of wood. Noldo held one end of the board
steady as Rafas sawed away at it—it truly was a two-man
job.

Finally, all the pieces were cut and appeared to fit together just as the design showed; it was time to start nailing.

The first task, Noldo pointed out, was to flatten out or
remove the rounded metal brackets on top of the skate

wheels which served to prevent the foot from slipping off. Without the brackets, the skate wheels could fit snugly at the bottom of the floorboard. Fortunately, the curved plates were just soldered on and after a brief struggle, with Rafas holding down the bottom part with a wrench, Noldo pried back the plates with some big pliers, until they finally snapped off.

When they tried fitting the wheels on the base board, they seemed perfect; there were even several openings where they could hammer in some nails and bend them so that the wheels would be securely attached. But first, they figured it would be best to nail the boards together, which was a good move because the wheels would have been in the way of some of the hammering they needed to do.

Noldo was better with a hammer than his buddy, so he started nailing the upright board that would hold the handlebar onto the end of the panel with the set of wheels. He then began hammering a nail into one end of the footboard while Rafas held the other end from below, but it was tough because the boards kept bouncing and at one point Noldo almost hit his buddy in the face. He then realized that he should drive the nails almost all the way through the floorboard and then finish off nailing it to the upright board—that was easier, and safer! Next, he drove some nails into the bottom of the floorboard through slots in the plates that held the wheels and then bent them over the metal. In no time, the wheels were solidly attached to the board.

For the sideboards, Rafas took over, using small nails to secure the triangular panel pieces to the corner where the two studs met. The scooter was really starting to take shape now. The only thing left to do was to add a handlebar. Noldo had put off thinking about the handlebar because he knew that such a gadget would be really hard to find. He didn't know of many kids who even had bikes, so there wasn't anyone to give him a pair off an old bike.

Just as Noldo was beginning to feel overwhelmed, he heard the familiar clanging of a bell coming from the street in front of his house. "Rafas! That's Don Tomás, the scavenger man. He always has neat things in his wagon; maybe he's got a handlebar we can have."

"Let's go then, Noldo. There's no time to waste," Rafas called out as he headed toward the corner of the house, with Noldo right on his heels. As they went through the side gate, they saw Don Tomás in front of the house, guiding his horse, or maybe his horse was guiding him, on their familiar route around the barrio selling and bartering things; all sorts of things.

"*¡Don Tomás, buenos días!*" shouted Noldo. "*¡Espérenos, por favor!*" Rafas called out, asking him to wait.

"*Hola, muchachos. ¿Cómo están? Y, ¿en qué puedo servirles?*" The old fellow, his face well-framed by a thick head of mostly white hair, with a massive mustache and beard to match, made a clicking sound in his throat and his old steed, snorting at the boys, clopped to a halt. With a calm voice, he pushed back a well-worn *sombrero* and asked how they were and how he could serve them. The boys were so excited that they began bickering with each other. After a few light-hearted insults, though, Noldo finally got Rafas to quiet down and he addressed the old gentleman:

"*Don Tomás, buscamos la parte que se usa para mane-*

jar una bicicleta." Noldo, not knowing the Spanish word for "handlebar," tried his best to describe the part to steer a bicycle, while he moved an imaginary handlebar back and forth in the air with his hands.

"Ummm... buscas un 'manubrio', el aparato que se usa para dirigir una bicicleta. Déjame ver," Don Tomás told them, as he clambered down from his seat and peered into the wagon bed behind it. Noldo had learned a new word in Spanish, *"manubrio,"* or handlebar, the part that was used to steer a bicycle, as Don Tomás had explained. They both waited in suspense for Don de Cosas, or Sir Stuff, which was the nickname the neighborhood children called him; but never to his face. It would have been very impolite for children to address an elder that way.

The boys were not tall enough to see over the side of the wagon bed but they could hear Don Tomás rummaging around the many items in his collection; he moved around to the other side of the wagon and poked about some more. A couple of times he grunted as if he had found something; but, *Clank!* He threw back whatever it was he had picked up.

"¡Ajá!" the barrio elder exclaimed, *"¡Talvez ésto les servirá!"* In his hand, he held, as he said, something that might serve their purpose: a handlebar! It was just what they needed.

Noldo and Rafas were so pleased; they both ran up and hugged Don Tomás!

But then, remembering that Don Tomás sold and bar-

32

tered his things with people in the barrio, Noldo stepped back and asked him, hesitantly, "Don Tomás, *¿cuánto cuesta el manubrio?*" The boy gazed up at the old man, wanting to know how much the handlebar might cost; he had already started wondering how he could possibly get enough money to buy the part.

"*A ustedes, como son niños tan buenos y que obedecen a sus padres y mayores, no les cuesta nada, pero cuando necesite que alguien me ayude a mover cosas o limpiar la carretera, ¿puedo contar con ustedes?*" The boys couldn't believe it: because they were good boys and obeyed their parents and elders, Don Tomás said he would not charge them a penny; but now and then, he asked, if he needed help moving his goods or cleaning the wagon, could he count on them?

"*Sí, Don d.., eh, Don Tomás, ¡por supuesto!*" Of course, he could count on them, they answered.

"*Bueno, llévenselo y que les vaya bien. Mis recuerdos a Doña Virginia, por favor.*"

Overjoyed at their good fortune, they thanked him again and again, and Noldo promised to give Don Tomás's regards to his abuelita. The boys hadn't realized it, but Tomás, the scavenger man, was paying back a little bit for all the favors that Noldo's abuelita had done for him; for example, his abuelita had given Don Tomás a small pack of tortillas and *carnitas* during the worst days of the Depression. He was a handyman that Doña Virginia could count on when the lawn mower lost a screw or when the laundry wringer jammed.

Off they went, then, back through the gate; behind them they could hear the clamor of the little bells as the horse started up again, and then they were back at the jobsite.

Next, they had to figure out how to install the handle-bar onto the upright board, which they decided to call, the steering column, like on a car. Fortunately, the handlebar had been attached to a bike's steering column with clamps that hung down far enough that Noldo could drive several nails into the wood. Finally, the scooter was finished!

At first glance over, it looked like all the pieces fit togeth-er just as the boys had designed it on paper.

The two friends went over the scooter closely, checking the sturdiness of the nails they had just hammered in, look-ing for any looseness anywhere: it seemed tight all around.

Lastly, would come the real test. Without a word, Rafas stepped back and nodded to his buddy to go ahead, know-ing that since it had been Noldo's idea to build the scooter, he should be the first to test it out. So...

§ § §

Armando Rendón, Esq.

West toward Zarzamora Creek, near Noldo's house, the sides of the streets were mostly dirt and gravel, but there were also long stretches of concrete sidewalk that were perfect for test driving the scooter. Besides, starting from Noldo's house, the street sloped downward just enough to make a test run super easy; the only problem was that as one got closer to the creek, which actually ran across the road at that point, the drop got a lot steeper. When it rained, the creek would often overflow so quickly that cars could not pass at all; tragically, a few drivers had even been swept away in the past. Everyone in the barrio knew just how dangerous the creek could be.

As for now, Noldo wasn't thinking of rain or even of the growing shadows as it was already late afternoon. He and Rafas had to walk the next block over, crossing the street at

Noldo and His Magical Scooter

Nacha's Grocery Store, one of the places where the neighborhood kids liked to gather; at least until Nacha, the lady who owned the store, came out and shooed them away with her broom. As they scattered away, Doña Nacha kept herself busy by sweeping the front of her store spotless.

As they exchanged greetings, Noldo suddenly wondered where the other boys in the neighborhood might be. *On second thought*, he said to himself, *it's just as well; maybe it's better that just Rafas and I take the scooter for a test run,* he decided.

"Gee, Noldo, I was just thinking, none of the other guys are here, which is good, don't you think?" Rafas asked.

"You know, that's what I was just thinking, Rafas—it's as if you were reading my mind. Yeah, I think it's just as well we're the only ones here to see the test run."

And with that, the boys found themselves on the concrete sidewalk that stretched down to the creek. Once again, Noldo checked the scooter's stability and everything seemed solid.

He shook Rafas' hand in a manly gesture he had often seen among his uncles and the elders in the downtown plaza: a show of confidence, of resolve, of friendship. With one sweep of his right hand, he grabbed the visor of his baseball cap and flipped it backwards so that the brim touched his neck—he was ready.

Noldo had only tried riding the scooter a few paces back and forth in his backyard, so he gingerly placed his right foot on the floorboard and then pushed off with his left. He started rolling a little jerkily at first but then he began adjusting his weight, pushing off with his foot hard enough so that he could glide a few feet without re-using his foot to keep him moving.

So far so good, thought Noldo, as he moved more smoothly down the sidewalk. He did notice, though, that the concrete wasn't as level as he would have liked; the scooter shook quite a bit every time he ran over a crack.

Then he started really rolling; the street dropped a little faster causing him to pick up speed. He wasn't pushing off with his left foot at all anymore; he could definitely feel the wind in his face and around his ears. *How cool it felt compared to standing still,* he thought. Noldo was getting more and more excited.

About half a block away he saw the railings that ran along the part of the street that connected to the creek, and sometimes to the roaring river if flash floods hit the barrio. He planned to stop there and get some rest for the walk back.

Noldo had both feet on the floorboard now; the scooter was an awesome ride! He felt on top of the world. "¡*Ajúaaaa!*" he shouted. Then, as if he had drifted into a warm liquid world, Noldo felt his scooter rise in the air and for the longest few seconds of time, he lost track of where he was...

Crack! was the last sound he heard before he plunged into darkness.

Chapter 4

Almost as quickly as his race down the street had turned into what seemed like a flight through space, Noldo opened his eyes to find himself lying among shrubs and stony dirt that looked like the caliche soil of his barrio. *But where was his home?* Noldo realized that he was no longer on his familiar street; he turned and all the houses were gone! In fact, the paved street was just a couple of ruts in the earth. The creek was still there, but it looked like an arroyo now, with no rails or cemented walls to keep the ground from eroding.

He could see what looked like plowed fields further up the road. *And was that a house way off in the distance?* Noldo was amazed but he began to feel a little scared. *What had happened to his street? How could he get home to his abuelita?* She would start worrying soon, and maybe even ask the neighbors about him. For sure, as soon as one of his uncles came home, he'd be out looking for him.

As he gazed around, stunned by the disappearance of the world he once knew, he saw what looked like a wagon coming up the road. A big-boned mule pulled the *carreta*, which was made of rough-cut lumber, and on the plank that served as a seat, an old man, his face creased and browned from the sun, flicked the reins to keep the animal moving. As he came closer, Noldo noticed that he wore a cowboy hat that had to be as old as the head it rested on. From under the brim, he made out a pair of deep-set eyes; a long, sharp nose peeked out from the shadow, and from ear to ear there flowed a full white beard.

Noldo hid his scooter behind a mesquite bush and waited for the wagon driver to reach him. Finally, the mule's clip-clopping pace brought the wagon next to him. Without a signal from the driver, it seemed, the mule stopped.

"*Bueno, Chiquillo,*" the man greeted Noldo, calling him, little guy. "You're new in these parts. And what are you doing out here all alone? Are you lost?" asked the bearded old-timer.

"*Buenos días,* Don," Noldo answered, using his most polite Spanish, but not knowing which question to answer first. Noldo was more than a bit scared at this point; the mule seemed to tower over him and the man's face was now fully lost in the shadows as he peered down at him. Noldo felt very small and very alone.

"My name is Noldo, Sir. I live around here, *Señor*, but everything seems to look so different. My abuelita's house was right there," he said, pointing up a hill toward the east, but seeing nothing there but some trees he recognized: oaks and poplar trees that grew all over the city, and lots of mesquite bushes and other shrubs.

"There's not much up that way, *muchacho*, except trees and bushes," the old man said, pointing up the road with a nod of his head. "But over that hill is where I'm headed, going into town to drop off some food supplies and buy some things for my *ranchito*. Want to ride with me and we'll see what we can do for you?"

Noldo wasn't sure about riding with a stranger, but he couldn't figure what else to do. Besides, the more he looked at the old man, the more he came to think that he had seen him before, even knew him in some way. He made up his mind to accept the ride and find out what was up the road. He took one last glance back at the scooter; all he could see was a glint from the sun as it reflected off the handlebar.

§ § §

As the wagon rumbled along on mighty wooden wheels, they reached the crest of the hill where he still half-expected his abuelita's house to appear. Noldo began to hear what sounded like thunder ahead, but it wasn't stormy, nothing like he had seen in the skies just a few hours ago. But dark clouds were shrieking in the air among the tall buildings which only grew the closer they came toward the town. Noldo then realized that the clouds were actually smoke—it seemed as if the buildings were burning in the heart of the town. But he didn't hear fire engines wailing through the streets, or crowds of people running toward the fire as they did in his day.

In his day! Noldo suddenly snapped wide awake, as if he had been dreaming; he nearly stood upright in the wagon, except that the old driver held him down, afraid that he'd fall off the jolting wagon. He sat back down right away, but for it being such a hot day, he felt a chill all over. *Where was he?* He asked himself. They should have passed abuelita's house back there near the crest of the hill. Not even one car had come by; the street lights, the paved road, all of it was gone, or had never been here at all.

"Looks like Santa Anna's army is getting serious now; they're bombarding the old mission," the old man said. "See, the smoke. Those are probably General Santa Anna's 6-pounders blasting away at the walls of the mission. Imagine," he spat out, "*Mejicanos* fighting *Mejicanos!*"

"¿Señor?" Noldo tried to speak, but his mind was totally confused. Even though he tried mentally to form some questions, his jaw and tongue just couldn't get the words out of his mouth.

"Are you scared, *M'hijo?*" the old man replied, looking straight at Noldo for the first time. His eyes were dark but shone with a soft light. When Noldo heard the word, *m'hi-*

41

jo, my son, he felt safe with him all of a sudden. He got his courage up again.

"Sí, Señor. I am scared. I don't know where I am, and I know my *familia* will be worried about me. My abuelita..." and the words choked in his throat as he thought about his grandmother and how she must be worried about him by now.

"I thought you had a lost look about you, Noldo," the old man said, with a bit of a chuckle in his tone. "From your clothes and that strange cap on your head, I know you're not from around here for sure. But how did you get here?" he asked the question in the direction of the bombing, where his attention had returned. In the moments when the cannons were still, Noldo could hear what sounded like firecrackers—he remembered watching a Chinese New Year's celebration in front of a big restaurant downtown the year before; the crackling of rifle shots sounded just like that.

The Álamo! Finally, Noldo's brains were working together and he realized that the surroundings, the wagon and the buildings they were approaching—now he could see more wagons, riders on horses and people rushing along the streets—this was San Antonio at the time of the Texas Revolution. *Could it be 1836?* As his mind seemed to be clearing of the fog he had been under since... *How long had it been since he had been with Don Tomás? How could he be here on a creaky old wagon being pulled by a lanky old mule into the middle of a war?*

"Señor, is that the Álamo we're headed toward?" Noldo finally managed to squeak out the question. He knew for sure that they were headed in the wrong direction; they should be going the opposite way, away from the shooting!

"Sí, Noldo," came the reply. "We're headed right into the pueblo to deliver some food and grains for some families that I know; there's hardly been anything to eat for days since the rebels took over the old *misión*. We Tejanos know it as *Misión San Antonio de Valero,* but you're right: it's also called, el Álamo. It got the nickname from Spanish troops that occupied it maybe 30 years ago—they were from Alamo de Parras in Coahuila."

Suddenly Noldo sat quietly on his side of the rough-hewn bench, aware that somehow he was more than a hundred years back in time, right in the middle of one of the most talked-about events in the history of his hometown, even of the whole country.

A rattling bump from a rock in the road jarred Noldo alert. He glanced around and saw that the wagon was moving through a narrow street. Up ahead toward the east, the cannon fire grew louder; it seemed to be coming from right and left, echoing a bit between the two-story buildings along the street. As they came to an intersection with another street that lined up north to south, the driver guided the mule to the left and they moved up a broader street, passing a large church to their left and then some offices and shops along the way. They came to another side street and turned right.

"We have to cross a bridge over the river to get to where my friends live," the old man told Noldo. Sure enough, as they rumbled down the street, they soon came to a wooden bridge over what seemed to be a small creek. If this was the San Antonio River that Noldo knew, it could fill up and overflow when the hard rains came in the winter months. Most of the time, he recalled, he and his friends could wade in the cool water and snatch at minnows that could be seen in the shadowy parts of the creek.

For now, the bridge was the only way to cross into what sounded more and more like a battle zone; Noldo was more afraid than ever. *Was the old man going to take them into the fighting?*

As they came to their end of the bridge, soldiers in Mexican uniforms challenged them. "¡*Alto!*" one soldier shouted at them to halt. "¿*Qué negocios tienen aquí y que traen en esa carreta?*" the soldier demanded, wanting to know what business they had there and what they were carrying in the wagon. He punctuated his words with jabs of the bayonet that he had fixed on the end of his rifle.

The old man explained to them that he was bringing some badly needed food to relatives and friends who lived close to the mission, but hadn't been able to leave because of sickness in their families. *They were welcome to search the wagon,* he said, *but would they please let him go through?*

Quickly, the soldiers pulled off a cloth covering the goods in the bed of the wagon, and saw several sacks of beans and corn, along with piles of blankets. One of the soldiers poked at the blankets with his bayonet and felt around the other sacks.

"¡*Pues, ándale!*" the lead soldier told them, get moving, he ordered, and the old man slapped the reins on the mule's back, just enough to get the big animal into his even trot.

Noldo, it seemed, had been holding his breath throughout the whole encounter, and only relaxed again when they had fully crossed the bridge and started veering northward toward a cluster of buildings.

§ § §

Noldo was sure that the battle was taking place just on the other side of the buildings. One of them seemed to be a hotel—it had lots of rooms and windows and was two stories high—but from the rear of the building he couldn't tell for sure.

As Noldo looked toward the buildings, he discovered that he could see onto a large plaza through the narrow alleys between the structures: smoke billowed here and there, soldiers with rifles ran by, and the familiar façade of a battered church began to appear slit by slit. The sun began to lower in the sky and with the coming of dusk, the cannon bursts and rifle fire also faded away.

The wagon driver came up to a single story building built up from thin trunks of trees in the area that looked like a *jacal*, or a shed that could be found in his neighborhood; it looked barely livable for animals. The old man geed the old horse to a stop and, after wrapping the reins around a pole at the side of the wagon, he clambered down from his seat and began to gather the items from the back of the wagon.

"*Ven, muchacho*," he called, asking Noldo to come around to his side. "Help get these things inside."

Noldo scampered off the seat, and at first felt unsteady

on his legs; the two of them had been riding for some time, and the events Noldo had experienced also made him rather shaky. He forced his legs to move and walked around the wagon. The old man gave him a couple of small sacks to carry and placed a coil of rope around his shoulder.

"¡*Vamos!*" he said. His voice was soft, even pleasant, but Noldo felt that he had often used that voice to make men move forward; right now, that voice made the hair on his neck tingle.

The old man turned quickly toward the shack, his arms full of sacks. Noldo followed, also carrying a couple of sacks; somehow they seemed rather heavy for just beans and rice. He stumbled a few times because it was getting dark, and the path was hard to see; also, the ground was littered with rocks and the stubble of shrubs that had been cut short.

"*¿Quién viene?*" someone yelled from the shack. The man inside wanted to know who was approaching. "Don't come any closer!" he warned. Noldo bumped into the old man's side and nearly dropped the goods he was carrying.

"¡*Niño, párate!*" the old man ordered him not to move. "*Soy Doroteo*; I am bringing food and supplies for the Esparza family," he informed whoever was inside, and probably aiming a rifle at them.

"¡*Doroteo! Muy bien. ¡Pasa, pasa!*" The man, hidden by the darkness, urged them to enter. As the old man moved forward, Noldo walked close to his side, as scared as he had ever been during the past few hours. *What was he getting into?*

As they walked in through a doorway, which he realized

was just an opening in the side of the structure, his eyes managed to detect a short man who was dressed in the typical white trousers and shirt of a *peón*, a field worker. Suddenly, several other men, similarly dressed, emerged from the shadows. *They were all armed!*

During the next few minutes, Noldo learned what the wagon driver's mission was really all about. The sacks did contain beans and rice and other staples, but also rifle balls—hundreds of them as far as he could tell. The men in the shack used baskets with holes in them to sift out the ammunition—they obviously needed the food, too, but the balls were meant for battle.

Who were these men? They weren't soldiers but they weren't acting like field hands. *They must be on the side of the Texas rebels who were inside the Álamo,* Noldo guessed, *why else would they have had to sneak the rifle balls past the Mexican soldiers?* The men all worked silently and quickly. Doroteo, as he called himself, had stepped outside into the shadows to speak with the man who had initially challenged them as they approached the shack. "*Doroteo,*" Noldo whispered the name to himself; there was something funny about that name, and not because it sounded like a girl's name: lots of old Spanish names sounded that way.

A few candles were lit so that the men could continue sifting out the ammunition, sack by sack. As he watched, he realized that the men were obviously from among the hard-working *peones* whom he had read about; they helped farm the fields, tend cattle and other farm animals, and generally worked the menial jobs in the towns. He

47

recalled reading somewhere that these men were direct descendants of the native tribes that had lived in the area for centuries. Maybe some of their ancestors had helped build the original mission and till the fields around it for the Franciscan priests who had come with the early Mexican settlers. Imagine if he could talk to them and ask them questions, what a great paper it would make for his history class.

Suddenly, the wagon driver and Gregorio, as the chief spokesman for the men was called, walked back into the room and, since the sifting had finished, all the men turned their attention to them. In a few brief sentences, Gregorio told them that they would need to be ready the next morning; it appeared, he told them, that Santa Anna was preparing to attack the next day in one final effort to breach the mission walls. Gregorio and the men in that room would launch a counter-attack from the northwest corner of the building to distract the Mexican forces if they tried to scale the walls. The men would use hiding places among the trees, houses and business buildings to fire onto the soldiers rather than charge them directly. This was how many of the battles in the days of the American Revolution had been won, he told them, by brave men, many of them farmers and shopkeepers, but good with a rifle. Most importantly, he continued, these men had been willing to fight for freedom from a despotic king in England.

Noldo dug inside his memory to recall what he knew of the Texas Revolution. He could almost hear Miss O'Brien, his fifth grade teacher, who had earned a history degree in college, relaying the events leading up to the battle at the

Álamo. Lots of white settlers had moved into Texas seeking homes and fortunes; most were good people, but there were also plenty of greedy speculators who wanted to make money through crooked land deals and by exploiting the Mexican and native peoples.

Chapter 5

Many Mexican citizens had settled in the San Antonio area in the early 1800s with the idea of having their homes and way of life free from the oppression that Mexico had suffered for generations from foreign and Mexican-born leaders. By the 1830s, Antonio López de Santa Anna had become not only president of Mexico but also a tyrant in many ways. That oppression had been felt by Mexicans living in *Tejas*—they called themselves Tejanos—a province that not only bordered on U.S. territory but which also felt the pressure of the Anglo immigrants pushing into Tejas seeking homesteads. Their sense of independence was even greater, of course, because as a northern province, Tejas was basically isolated from the central government in Mexico City, the capital.

The Anglo settlers who had reluctantly become citizens of Mexico in order to purchase land and carry on business, had quickly become determined to set up a separate government: the Texas Republic they were calling it, which meant they would have to gain their freedom from Mexico, but not without a fight. Both the Anglo and Mexican citizens of the Texas province came to the conclusion that they would have to join forces in order to free themselves of Mexican rule.

The men in this room, Noldo then understood, were rebels; they were willing to take on the Mexican Army and break away from their homeland. He realized this meant that they were willing to die, if necessary, to gain that freedom.

Something else hit Noldo as he examined his situation: he had ridden in the very wagon that Doroteo had used to smuggle in rifle balls and gunpowder. The Mexican soldiers might figure out somehow that the rebels had been provided with ammunition by someone: *maybe it was that old man on the wagon, the one with the boy next to him?* Having the young man with him had been a way to make the soldiers think he was not a danger to them, just a grandfather with his grandson bringing food to some poor people in the town. They would accuse him of being a spy, and Noldo knew from watching spy movies what happened to spies if they were captured during wartime. *Boy, was he in trouble!*

A hand suddenly fell on Noldo's shoulder and he nearly jumped a foot in the air. It was Don Doroteo. The old man crouched down to talk to the boy eye to eye. He could feel Noldo shaking from fright, and for a moment he closed his eyes and held his speech.

"M'hijo, I am terribly sorry for getting you into this. When I first saw you, you looked so lost and confused that I made the mistake of offering you a ride. Then as we got closer to town, I realized that my getting through the army lines would be easier perhaps with a young boy at my side— the soldiers might let me pass if they thought it was just an old man with his grandson on an errand of mercy. That was selfish of me—I have put you in peril, but I'm going to make sure you are safe by taking you to a home a ways from here where you'll be with a family that will take care of you and take you back in case..." But his words trailed off. He took Noldo by the shoulders and said, "Noldo, forgive me. I took advantage of you and I don't want you to hate me for it. I do want your prayers for me tomorrow."

Noldo was shaking again but this time from sadness and fear for the old man. "I forgive you, Señor; of course. I... I'm a Tejano, too. But I'm afraid of what you're telling me about tomorrow. You are going to be in the battle, right? I don't want you to get hurt."

The old man smiled at Noldo. Then, as he whispered a soft, "Gracias," to him, he straightened up and called out, "Gregorio, *por favor*, have some men take Noldo, my young Tejano friend, to your house for safekeeping. Tell the *Señora* that he has been a very brave lad and deserves our thanks."

Within moments, Gregorio selected two men to escort Noldo to safety. Noldo saw him place a note in the hand of one of the men, to whom he whispered a quick command. They went out a back way, through some trees and shrubbery and then scrambled back across the river, which had some water in it because of recent rains. The men kept close to buildings and hurried across streets only after checking for possible Mexican patrols. It was a thrilling few minutes for Noldo—he was starting to enjoy the adventure, but before he knew it, they were going up the steps of a small, gloomy house.

His escorts then knocked softly on the front door, and when someone inside asked who it was, "*¿Quién es?*" they answered, "Hidalgo." A moment later, the door opened and they were ushered in. Noldo took note of the name, *Hidalgo*; it must have been a password—Hidalgo was the name of the famous priest, Miguel Hidalgo, who had raised the cry for independence for Mexico in 1810. All of his history lessons were rushing in upon him; *the past had become all too real!*

His protectors explained to the woman, Señora Esparza they called her, that Noldo had helped Señor Arango bring in supplies to her husband, Gregorio, and his compatriots. They handed her the note which Gregorio had entrusted to them.

Señora Esparza clasped the note in her hand and, without reading it, motioned the men and Noldo into another room where coffee was brewing. Soon, a cup of hot chocolate was in Noldo's hands, along with a plate of tortillas de maíz and frijoles; a slice of goat cheese completed the feast—Noldo had not eaten the whole day, but not until that meal had he noticed just how empty his stomach was. He ate with gusto; never had a plate of such simple food tasted so good.

Soon after, they finished eating and Noldo was shown to a room next to the kitchen; there were others already sleeping there but the Señora found him a space, had him lie down, and then searched for a blanket for him— he was asleep before she could finish covering him.

§ § §

Sunlight bathed Noldo's face as he woke up the next morning. The thick curtains which had kept the house a cool sanctuary from the war just a few blocks over had been pulled back: it would be a scorching day for all. Noldo rolled out of bed, literally, because he had been sleeping on a *petate*, a straw mat that was just stretched on the floor. He felt his body ache all over; how he missed his bed at home. But, after a second to recollect himself, he remembered where he was, the Esparza home; he noticed that the men who were in the room the night before were all gone.

The door gently opened and in peeked a boy, much his own age, with a thick thatch of straight black hair and a brown face. A grin broke out on the boy's face as he caught Noldo looking up at him. *"Buenos días,"* the young fellow said to Noldo. *"Ya es hora de amanecer." It was time to get up, all right*, Noldo said to himself, and he then answered the boy, "*Sí, buenos días. Me llamo Noldo, y tú?*" He asked the boy's name.

"*Me llamo Enrique. Mi mamá es la Señora Esparza*," the boy told Noldo, informing him that the kind lady who had fed him and found him a place to sleep was his mother. "The sun is up and everyone else is awake," the boy told him. "You better hurry if you want some breakfast." With that little warning, Enrique was gone; Noldo realized his stomach was empty and he smelled something good cooking.

In a flash, he pulled on his sneakers—he had slept with his clothes on—and followed the boy as quickly as he could. Sure enough, once in the kitchen he found a handful of men eating tortillas, frijoles and what looked like strips of beef. Enrique had saved him a place next to him at the table and Noldo gratefully sat down. Señora Esparza quickly brought Noldo a bowl of atole, thick with grits and laced with honey. The aroma suddenly reminded him of his *abuelita*! *How was she? She must be missing him, but how could he let her know that he was all right?*

Enrique noticed that Noldo had dipped his spoon into the bowl but had abruptly stopped. "*¿Qué pasó?*" he asked him. "What's wrong? The atole is really very good; *mi mamá* makes the best atole around."

"Sure, I'm sure it is good, Enrique, but it reminded me of my abuelita and my tíos who are all very far away. And I don't know if I'll ever see them again." Noldo scooped up some atole and, with watery eyes, took the spoonful and began to eat. The atole was really very good, but not like his abuelita's. Still, he was very hungry and something told him that he would need the nourishment for the long day ahead of him.

Enrique, Noldo found out, was just a year younger than him, but he had already seen a lot of conflicts in San Antonio: fights had broken out in the past between folks loyal to Mexico and those, both Mexicans and Americanos, who were frustrated and angry with the oppression they endured from the central government, especially under Santa Anna. Enrique told Noldo that his father, Gregorio, wanted to have peace in Tejas, but he did not believe that violence was the way to achieve it. He had told Enrique that many of the white settlers wanted to break away from Mexico because they wanted to make Tejas a slave state, but his father was opposed to the idea of treating anyone as a slave.

For the past several days, Enrique told him, Santa Anna had been attacking the "Álamo" almost daily, but the defenders were fighting the soldiers off with rifle fire and cannons, one a big 18-pounder.

"But I am very afraid for my father, Noldo," the young boy said, with a look of worry clouding his face; Noldo had become accustomed to Enrique smiling all the time. Now, it was his turn to have tears well up in his eyes; he pressed his lips together and the sides of his mouth tensed up.

"Why, Enrique?" Noldo asked, grasping his new young friend by the shoulder. "Where is your father? I didn't see him this morning."

"Last night, after we had all gone to bed, my father and several other men sneaked into the mission; mi Mamá told me that some people inside had lowered a rope and they had scaled the north wall into one of the windows toward the back of the mission. My father is inside the Álamo. He is in charge of the big cannon because he fought once before in the Mexican Army. Mamá says he is already a hero, but the cause is not over yet." Enrique finished his story and both boys fell silent—the young boy afraid for his father, and Noldo, shocked at the boy's report, because the history of the Álamo, which he had just read about, was happening all around him.

What disturbed Noldo most of all was that he already knew the outcome of the battle for the old mission; he knew that all its defenders had died in battle, but he dared not tell his friend of what he knew. Nine Mexican citizens had fought alongside Americano settlers, including some famous characters of that time—all had given their lives for a cause they believed was just and necessary. Not all had the best reasons for fighting, he was sure, and not all had wanted to die there in that old church, but Gregorio's father could have just as easily stayed outside with his family; instead he chose to fight for a cause he thought was right.

Chapter 6

After breakfast, the two boys spent the day wandering up the creek, searching for tadpoles and minnows in the cool water. They sat for a long while under oak and pecan trees that grew wild in the area; they cracked open the nuts that were found all around and ate their fill. From where they were, they could still hear the occasional cannon fire. After one long cannonade, the bombardment stopped and only rifle fire could be heard.

Enrique explained: "General Santa Anna has been doing that over and over again; he shells the mission for a long time and then he sends in troops, trying to scale the walls.

Armando Rendón, Esq.

It's terrible because there are many sharpshooters among the defenders and they rarely miss. My father is in charge of one of the cannons that you hear when the fighters in the mission fire at the Mexican soldiers, the one with the biggest sound. He once told me, 'Why must I keep fighting my own people for freedom? Why can't we work things out and find the peaceful way?' I didn't know what to tell him. Maybe someday I will, but for now…" and he seemed to choke up as he tried to get more words out. Instead, he fell silent again.

Throughout the day, Noldo and his new friend tried to keep distracted by playing games that, Noldo noticed, hadn't changed over a hundred years. They started playing tag and went on through the morning. Enrique was a fast runner and most of the time Noldo was the one who had to catch Enrique. The heat from the morning sun grew more intense as the morning wore on and so they turned to more quiet games.

Noldo started to pitch rocks toward a wall near the river and soon the two boys were competing to see who could get a rock closest to the wall without touching it. Noldo remembered playing this game with his cousins, using pennies and pitching them against a wall near the big hospital in downtown San Antonio. He was good with coins, but rocks were a different matter—Enrique kept winning and winning.

As the sun drew overhead and cast no shadows as they walked, Enrique told Noldo that they should return to his house; his mother would have something for them to eat, even though it might just be tortillas and beans. Food supplies had been very low the last couple of weeks; farmers from around the area did not wish to venture into town.

If they could, some families had moved out of town with friends or families in the outlying ranches. Many, though, could not do so; they had to keep trying to earn a living selling whatever they could: shoes, clothing, anything. The Mexican troops were their most loyal customers. Many of them would pay a few *pesos* for some fresh tortillas; a shoemaker had record business repairing soldiers' shoes.

When they arrived at Enrique's house, Señora Esparza had a stack of tortillas waiting, wrapped up in a cloth to keep them warm and soft. They ate the tortillas with some frijoles, and although Noldo still felt hungry after cleaning his plate, he did not ask for more. Instead, he told the Señora, "*No, gracias, Señora. Ya estoy lleno,*" that he was full. Noldo knew that food was scarce in those times, and the *almuerzo*, the lunch, that his abuelita would have cooked for him and his uncles, would have been a banquet in comparison.

The two boys then went outside and found shade under an old álamo that was in full blossom; white petals covered the ground around its bulging trunk. The boys sat with their backs to the trunk, and after a few remarks about the heat and how cool it was under the tree, they nodded off into a sound sleep.

§ § §

The rattle of rifle fire startled Noldo wide awake. It

seemed so close, and, for the first time, he sensed, very intense: the shooting seemed one continuous barrage. He heard the roar of men's voices, shouting, "*¡Viva México! ¡Viva Santa Anna!*"

"Enrique, wake up! It sounds like a big charge by the Mexican army!"

"What?! *Sí, vamos a ver.*" He grabbed Noldo's arm and pulled him along to go see what was happening. Noldo tried to stop Enrique; *it couldn't be a good idea to get too close to the fighting*, he thought.

"Don't worry. I know a place where we can watch that's safe," Enrique assured him, and kept running toward an alley next to the building that looked like a hotel. Quickly, they were amidst the shadows of the building, and as they neared the end of the alley, the next street over, Enrique turned to caution Noldo to slow down, "*¡Cuidado!* We can look through the gate that's at the end of the alley. Keep low."

As they reached a gate, which was made of filigree metal, a horrible sight met their eyes: Mexican soldiers were storming the front of the mission, but many were falling under heavy volleys from the mission walls; countless had already fallen and some of their comrades were pulling their bodies behind barriers on the other side of the plaza.

A few clusters of troops, some carrying ladders, had been able to reach the walls but more rifle fire met them. Soon, those who could, with the wounded in their arms, fell back to the shelter of the barriers. Noldo could not believe how men could be forced to risk death by attempting such an attack. The Álamo was not an overwhelmingly huge fortress, but it looked like the walls were high enough and thick enough to hold off any number of attacks.

Shing! . . . Noldo and Enrique instinctively dropped to the ground. A bullet had ricocheted off the metal grill just above them and shattered, scattering pieces of lead into the wall next to them. Noldo felt a sharp pain in his right shoulder; immediately, he grabbed it and felt wetness.

"Noldo! Are you all right?" Enrique cried out, pulling his friend back from the gate.

Had someone in the fort sighted them and, figuring they were the enemy, tried to shoot them? Noldo was sure that the metal grill had been the only thing that had saved one of them from being killed. Nevertheless, the boys were now in full retreat, racing back down the alley to safety—they hoped.

This time, Enrique was careful to check whether the street was empty before venturing out. He gestured with his head to Noldo that all was clear and they moved out of the alley and started back toward the Esparza house. Enrique checked Noldo's shoulder as they hurried along, but it seemed minor to him: a bit of shrapnel had scraped the flesh, and torn Noldo's shirt as it whizzed by. A few inches to the left, though, and it might have hit Noldo in the neck. Enrique shook his head, as he told Noldo, "It could have been very bad." His brave friend, Noldo realized, had seen a great deal more blood and conflict than he could ever imagine.

In a few moments they were back at the house. As soon as they entered, Enrique told his mother of the injury, and she immediately tended to Noldo. Señora Esparza poured some water from a *jarra*, a red-clay pitcher like the one his abuelita kept in the dining room to cool water. Looking at the pitcher put Noldo at ease; he had been in complete shock after the near-death experience. It was only now that he was beginning to realize that a sharpshooter had nearly hit them. For Noldo, the water jug was like an anchor; it reminded him of his abuelita and her safe little home, but it also brought back the question: *how was he going to get back home?*

The cool water stung his shoulder, but he managed to bite his tongue and not cry out—*that would have been for a sissy*, he thought. Señora Esparza cleaned the wound out; it was only a minor scrape of flesh that the metal fragment had left. Next, she applied an ointment that also felt cool and soothing on his skin. He had been very lucky, she told him, as she wrapped a clean cloth around the wound and under his arm. With her teeth, she tore the end of the cloth down the middle, making two strips which she then tied into a bow to secure the bandage.

With a bandage now securely around the wound, Noldo felt much better, but he was still very tired. La Señora ushered him to a darkened room toward the back of the house, away from the street, and she had him stretch out on a soft pallet on the floor. Very soon, as the events of the day swept through his mind, he fell asleep.

§ § §

"Noldo, Noldo," someone called him from far away, but

he didn't recognize the voice—it sounded kind of funny, as if the person was whispering, but very loudly.

"*Despiértate, hermano*," the voice kept saying. "Wake up, brother," it was telling him, but it wasn't morning yet, *was it?* Besides, he didn't have a brother; but it would have been nice to have a brother, so he could teach him how to spin a *trompo*, especially the red top that was his favorite.

It was just a matter of seconds before Noldo opened his eyes—he wondered why his shoulder hurt so much—someone was holding a lantern close by and so he tried to shade his eyes from the light—this effort caused his shoulder to throb even more.

"Noldo," it was Enrique, his new friend.

"Enrique, are you okay, you all right?" We were shot at, weren't we?"

"Yes... I can see that your shoulder is hurting a lot. My mother cleaned it while you were sleeping and put some ointment that is good for wounds like that. It will hurt for a few days, but it should be all right, okay, like you say," his friend assured him.

"I have news that will trouble you, though, Noldo," Enrique said, his voice sinking as he looked down; he was holding a *costal*, a sack made of reeds, in his hands, and wearing a sombrero.

"What's going on?" Noldo asked, halfway knowing what he was going to hear.

"We must join my father in the mission; word has reached us that my mother and I, and my brothers and sister are in danger of being found out by the Mexican army. It would be bad if they captured us and maybe used us against my

64

father, so as soon as it gets dark, we are going to sneak into the mission; there's a way on the north side that we know."

"No, Enrique, don't do it!" Noldo cried. He grasped his friend's arm with his good left arm, and the younger boy pulled back, helping Noldo rise from the pallet. "Por favor, amigo, keep your voice down; someone might hear you and realize people are in the house," Enrique warned.

"Sure, sure," Noldo responded, in a rough whisper—his throat had suddenly become dry and he could hardly speak out. What he already knew from history class about the events of the Álamo hit him hard—tonight some families and other rebels would enter the mission: some wives and children in the fort would survive but none of the male defenders would live past the early hours of dawn. But he dared not say a word of this to his young friend.

"Enrique," Noldo whispered, "be careful. Take care of your mother. Everything will be all right."

"Enrique, ven," the boy's mother spoke quietly as she entered the room. When she approached him with her arms held out, Noldo, overcome with sadness, embraced her and seemed not to want to let her go but Noldo knew he could not hold back history.

Señora Esparza put her arms around the two boys as she led them away from the room. To Noldo's surprise, Don Doroteo was standing right there, holding his weathered *sombrero.*

"Our old friend will take you back to your home, Noldo," the lady told him. "He told me you must live west of town, but he wasn't sure. But he'll get you back somehow." And as a final act of kindness, she placed a sack in his hands, still warm from the tortillas that she had packed for his trip.

Noldo had to force back his tears, because he didn't want Enrique to sense his feelings about what was going to come. The little familia walked out the back door into the gathering darkness of night, which to Noldo seemed even more foreboding because of what he already knew.

They whispered adios to each other and Noldo gave Enrique a big *abrazo* as well. Hugging him, Noldo thought of Enrique as a brief yet true friend whom he would never see again. Some men were waiting in the yard and began to prod Señora Esparza and her children to hurry and make no sounds. As they walked away into the dusk, the old man quietly pulled the door shut.

Don Doroteo put his arm around Noldo's shoulders and led the boy back to where he had slept the night before.

"Noldo, I want you to go to sleep because we will be leaving tomorrow morning at the first sign of light. It is too dangerous to travel now, but I must get back to my hacienda to try to get more help for the defenders in the mission. And, I will try to help you find your home," the old man said.

"But, Señor, my friend Enrique is in great danger and his father..." Noldo couldn't even finish his sentence; he didn't want to believe what he already knew of the following day's events.

"I know, Noldo, my young friend," the old man replied, his voice sad and heavy. "Tomorrow will be a very difficult day for all of them, but I have faith that they will be all right. Meanwhile, you must get some rest; it will be a long and dangerous ride tomorrow for both of us. Ándale, acuéstate," the old man urged him to lie down and get some sleep.

"Sí, Señor. But it will be hard to sleep with what I know," Noldo said, his voice also filled with sadness. "Why must there be so much fighting? I wish this was just not happening."

Noldo stretched out on the thin cushion on the floor and pulled a blanket over himself. He heard his old friend step out and quietly shut the door. As his grandmother had taught him, he began to pray for the safety of Enrique and his family. He knew that the following day would bring great sorrow to his new friend, and he knew that San Antonio would never be the same again.

As he tried to put all of his thoughts into words and prayer, he slowly closed his eyes and fell asleep. The excitement and terror, the tension and constant moving about had finally caught up with his young body and mind; and he slept.

§ § §

"*Noldo, levántate, ya es hora de irnos,*" it was time to go, Don Doroteo said, as he gently shook Noldo by the shoulder; the left one, of course, because he remembered the boy's injury.

Noldo remembered his abuelita calling him to wake up for school and how he usually hated getting up right away. This morning, though, he realized where he was and nearly jumped up when he saw that it was Don Doroteo who had come for him.

"Come, I have a basin of water in the kitchen for you to freshen your face before we leave," the old man said. "It will help wake you—I need you sharp-eyed for our trip."

In a few moments, Noldo put on his sneakers and went to the kitchen where he splashed water on his face—it was colder than he expected but it definitely did the job of making him alert. The bathtub, soap and towels that he was used to did not exist, so he scrubbed his hands and face as best he could with just water and a cloth.

As he entered the kitchen, Doroteo handed him a sack which he told him contained the tortillas Doña Ana had packed for him the night before. "Take these, Noldo; I'm afraid you won't have much else to eat for a while."

With a flick of his hands, the old man then swirled a square poncho over the boy's head, "Here, muchacho. Wear this *poncho* because it is still cold outside—this area really isn't much more than desert, you know." In seconds, Noldo felt much warmer; he had been unaware of his surroundings because of the excitement he felt.

With a gesture, the old man signaled to a couple of other elders in the room who had also woken early to snuff out the candles that had lit their way. Noldo heard the old fellow move quietly to the door; he opened it a bit and a dull-grey slit of morning sky appeared. Doroteo stopped and listened for a few seconds and then opened the door wider. In a whisper, he called out to Noldo. The boy moved toward him, and as he slightly bumped into the old man, he was told, "Hold on to my poncho, Noldo, and don't let go. If we get separated now, it will be very difficult to find you. We can't draw attention by making any noise. Do you understand?"

"Sí, Señor. I won't let go of your poncho," whispered Noldo.

"*Bien, vámonos.*"

Suddenly, as if the Don's words had been an order to fire, cannons broke apart the morning stillness.

As they crossed a wide space between some buildings, they stopped and turned back toward the sound of the cannonade—more and more lights flickered in the sky as the shells burst, likely piercing more holes into the mission walls. The old man and the boy stood, their mouths agape as if watching a fireworks display, but their faces – lit up by a shell that had exploded in mid-air –shone with the deep fear they felt for their friends who were inside the makeshift fort.

Don Doroteo broke the spell by turning sharply and with both hands on the boy's shoulders started into a half-run. "It's not good for us to be out in the open like this, Noldo," he warned the boy. "There are too many people in this area with guns that are willing to shoot and ask questions later."

Noldo immediately quickened his steps following the old man's warning. It reminded him of a cowboy movie he had seen at the *Azteca* movie house downtown; the residents of the Wild Western town in the movie were so paranoid about bandits that they were prepared to shoot any stranger who came down the main street. *But this was no movie,* he thought to himself, *I'm the stranger!*

As they traveled down the alleys and streets, sometimes

cutting between houses and shacks, they could still hear the cannons firing, but the rifle fire was harder to hear.

Suddenly, Don Doroteo stopped running and Noldo almost flew past him. "*¿Qué ocurrió, Señor? ¿Qué pasó?*" he asked what was happening, as he tugged at the old man's sleeve.

Don Doroteo tilted his head to the side, as if straining to hear the sounds of the battle.

"The cannons have stopped. That means that the attack squads are charging the walls. There's some rifle fire," he told Noldo. "I'm afraid that is bad news, my son."

Chapter 7

Noldo soon realized what the old man was saying. Today was March 6. The same day in 1836 when Mexican Army troops, urged on by General Santa Anna, had stormed the Alamo, breached the walls, flooded into the square, fought their way into the barracks and storage rooms, flushed out all the defenders, and killed every last man.

The book he had been reading back home reported that the Mexican forces had overrun the cannon crew manning the 18-pounder and had then turned the weapon on the Anglo-Texan and Tejano defenders. The man in charge of the cannon crew was Gregorio Esparza, his friend Enrique's father. Fortunately, none of the families who had taken refuge in the mission had been harmed: Enrique was safe but he had lost a very brave father.

Noldo and His Magical Scooter

They kept moving as quickly as they could in the dim light until they climbed over a low ridge and Noldo saw the wagon. It was tied to a low-hanging pomegranate tree whose flowers were beginning to burst. It was another reminder of home for Noldo, because his abuelita grew a similar tree in her front yard.

With a boost from Doroteo, who was now puffing hard, Noldo climbed onto the seat of the wagon. The old man moved quickly to unhitch the mule, and then, after a few grunts, he climbed on board. Grabbing the reins, he clucked a few times at the old mule to make her back up and turn toward the west, away from the guns thundering behind them.

Little by little, the sound of the battle faded. The sun rose high at their backs and thawed away the chill they had felt ever since leaving the Esparza home. Neither man nor boy spoke for a long while; the sure knowledge of what had happened in the Alamo weighed heavily upon them.

As they neared the top of a slow climb, where Noldo remembered he had first seen the buildings of the city, the boy turned and gazed back—clouds of thick smoke marked the spot of the battle, but he could not make out any of the structures in particular—the sun had cast a bright haze over the buildings. *The battle must be over*, he thought.

Don Doroteo brought the wagon to a stop, then looked back. His face was stern; Noldo sensed that he had lost friends there, and maybe something else. *Would the Mexico he had known all his life still be the same after this battle?*

"¿Are you all right, Señor?" he asked the quiet old man,

seeing him more as a grandfather now after all their adventures together.

"Sí, Noldo. I have been through many good times in my life and many sad ones, but today, something in my heart has died. I worry that there will be more death and destruction in the years to come, and that in the end, my people, our people, will face an uncertain future.

"You are a good boy, Noldo," he said, turning to look directly at the boy. "You have seen a lot these few days with me, acts of courage and acts of cruelty, but I hope that you will remember that while valor is important to a people, honor is built on understanding and trust. These last few days, both courage and honor have been tested, and I'm not sure which one has won the day."

With a flick of the reins on the mule's back, the wagon wheels began to creak again, jouncing the two amigos as they headed back up the trail. Very soon they would arrive where Noldo had left his scooter. *It would be so good to see his scooter again*, thought Noldo, but he slowly dozed off, leaning onto his old friend's shoulder. The sun on his back was warm...

§ § §

Hazy figures moved above Noldo as he started to wake up; he could feel an awful ache on the side his head, but not the sharp pain of a broken bone—he'd had enough broken bones as a little kid.

Voices came to him, a bit muffled, though, as if his head

were covered by a tin washbasin. Someone kept saying, *"Despiértate, muchacho."* Wake up, kid, the voice said. Well, Noldo wanted to wake up, but he was afraid the ringing inside his head would only get worse. He felt a strong, firm hand over his forehead and another still hand cradled the back of his head—the sturdy pressure felt soothing and he soon felt like opening his eyes.

The hand over his forehead then pulled away and he saw an elderly man, wearing a red and white bandana, tying back hair that seemed to flow all the way to his back. The elder looked familiar but Noldo couldn't quite identify the face of the kindly looking gentleman. Slowly, Noldo sat up, aided by the arm of the man. He felt a sting on his right shoulder and noticed a dark red spot on his shirt. He winced a little as he sat upright.

"Are you all right, my friend? You took quite a fall," the old man said, as if Noldo hadn't figured it out already. "It's a good thing my neighbor wasn't in a hurry to back up; he saw you coming and then saw how your contraption started to fly apart. He went and got me to come see how you were. Pues, how are you?"

"Okay, I guess. My head hurts a lot. How's my scooter?" Noldo asked, suddenly remembering his invention and that the handlebar had started to come off.

"I'd say that the scooter, as you call it, is in worse shape than you are, but I think that's a good thing," he said, teasing Noldo a bit.

"Do you feel like getting up?" the old man inquired, obviously concerned about Noldo's condition; the boy still looked dazed from his fall.

Armando Rendón, Esq.

"Ven. Come with me, my friend, I'll fix you some tea that will cheer you right up," the old man told him, as he helped Noldo to his feet. A bit wobbly, Noldo cautiously walked to the man's front door, taking a curved walkway to the porch of a little stucco house, set back off the street a ways. For a second, Noldo had what seemed like a flashback of the stranger's house; he had been here before, he thought, but it had been at night, or had he?

"People around here call me, Don Manuel, young man. What is your name?" he asked, as Noldo sank into a couch near the door.

"Noldo, Don Manuel. I live up the street toward town," Noldo responded, not knowing how much to tell the kind stranger. He was feeling ashamed of his tumble and afraid of getting into trouble if Don Manuel told his abuelita what had happened; she'd put an end to scooter riding for sure.

"Let me get you some water, Noldo. You had quite a fall, no broken bones, though, but maybe tomorrow you'll see some bruises," the white-haired elder told Noldo, adding, as he walked into another room, "and you do have a cut on your shoulder that needs care."

A few moments later, Don Manuel returned with a clay jarra, a large earthenware jug like the one his abuelita kept in her kitchen; somehow the clay kept the water cool throughout the day and the water was always sweet and refreshing. Noldo accepted a mug of the same reddish clay as the pitcher and sipped the water as he watched Don Manuel clear the table of various glass jars and bowls; it seemed that he had been blending some *yerbas*, medicinal herbs, like his abuelita did sometimes when she wanted a certain type of tea for her stomach or aching bones.

He reminisced about his abuelita's teas, which she sometimes gave him to drink if he had a stomach ache; the brew usually tasted awful. At that thought, he had another vision, just a flash, of a dusk-time visit to a house like Don Manuel's. He remembered now: he was holding his abuelita's hand. She had taken him a few times to visit this house, or one like it, and he had waited on the porch for her as she visited inside. She always exited the house with her woven market bag filled with little sacks of yerbas or bottles of oils that she used for different ailments; his abuelita had lots of aches and pains. *She works all day*, he thought, *cooking and cleaning, and then she does some washing and ironing for other families; no wonder abuelita is always hurting somewhere.*

Noldo hadn't been around long enough to know how very hard his abuelita had worked to raise seven kids, since his *abuelo* had died during the Depression. He heard now and then of some of the ways that abuelita and her seven children had chipped in somehow to make ends meet. *Someday*, he promised himself, *I'll have to sit down with my elders and listen to the whole story*. At that moment, Noldo felt very tired, sore all over, yet comfortable on the old sofa in Don Manuel's living room.

The old man then came back to the living room with a cup of tea, which he handed to Noldo. "Drink a little bit, my friend; I put some honey in the tea to sweeten it a bit. I know the taste can be kind of hard to swallow otherwise, ¿qué no?" Don Manuel was right; as he sipped the hot brew, Noldo got a hint of the bitter taste of the herbs Don

Manuel had steeped in the hot water—thank goodness for the honey, he thought.

"Gracias, Don Manuel. It tastes okay," Noldo said, trying hard to drink the brew without making a face.

As he sipped the tea, it actually seemed like the flavor was getting better, and he was starting to like it. He put the empty cup down on a table next to the sofa and leaned back. The pleasant warmth of the tea found its way down his chest and somehow soothed the aches and pains he had suffered from the fall.

"Noldo," the old man called him, moving his shoulder in order to wake him; he had dozed off. "I brought in your *máquina, la escúter*. I fixed it for you. It just needed some new nails here and there, but it's good as new. I'm sure you can ride it home, *pero con cuidado*," but with care, Don Manuel told the boy, as he rolled the scooter up next to him.

"Wow, it looks great! Thank you, Don Manuel! Gee, how did you fix it so fast? You must be a wizard!" Noldo exclaimed. The scooter definitely looked great; he tugged at the handlebar and shook the frame and they felt solid enough. He could ride it home for sure, but slowly; besides it would be uphill.

Noldo carried the scooter outside through the front door and turned to say thank you to Don Manuel. The old man stood there, holding open the screen door, and waved farewell to Noldo.

"Gracias, Don Manuel. I hope to see you again soon!" he called back over his shoulder. As he glanced back, Noldo saw a wonderful scene: Don Manuel's face and body seemed to fade into the darkness of the room behind him, except for the white hair that crowned his head; he could only see his hands, raised about shoulder-high with the palms cupped toward him; they seemed to glow in the late afternoon light.

Noldo then turned quickly to place one foot on the scooter and to push off with the other. With this sudden movement, his eyes sparked with light, and things seemed to start spinning, and that's all he knew as the world went blank.

§ § §

Faintly, all around him, voices faded in and out. People were speaking in very serious tones; *they're probably talking about me*, he thought. What he was actually hearing, he realized, was the whispering of several people around his bed—he felt the crisp sheets soothing his body and the soft pillow under his head. Although he tried to stay still until he knew who the people were, he must have moved, because all of a sudden, everyone quieted, and he felt someone leaning on the bedside.

"Noldo. Can you hear me? I'm Dr. Olivas, and you're in Santa Rosa Hospital," the firm, young voice of the doctor said.

Noldo opened his eyes slowly, just enough to make sure the world was like the one he had grown up in; the last time he had come out of darkness, he found himself on a dirt track, a century back in time. The room was brightly lit but he could only see the doctor, who was hovering over him.

"Noldo, it looks like you had a mild concussion—you banged your head rather hard when you flew off..." the doctor turned to someone behind him and exchanged a few words before he turned back to Noldo and continued. . . "off your scooter. Then when you started to leave Don Manuel's house, you had a dizzy spell and passed out."

"By the way, how did you get that cut on your shoulder? It looks like something took a gouge out of your flesh. Funny, too, it seems that someone has treated it. It actually looks like it's healing, although you'll always have a scar to remember it."

"Gee, I don't know, doctor," Noldo said, almost in a whisper. He knew that no one would believe what had happened just yesterday; *or was it yesterday*, he asked himself.

"Let me check your eyes, okay?" the doctor said, and he had Noldo open his eyes wide as he flashed a light into them.

"Dr. Olivas, I've got to know something, something about the Battle of the Alamo. I need to know right away," Noldo told him.

"Well, what is it, Noldo? I'm a bit of a history buff about the Alamo; maybe I can help," the doctor said, thinking that Noldo's bump might even be more severe, because he was acting strangely, asking for information about the Alamo. Still, he wanted to humor him for the time being.

"Doctor, do you know if there were families in the Alamo during the battle, and did they escape?"

"My goodness, Noldo, that's a good question. In fact, we know of at least two families who were sheltered, you might say, in the mission during the final attacks. They all survived, but the husbands died."

"There was an Esparza family, wasn't there?" Noldo pressed for more details.

"Yes. Fortunately for Esparza's widow and children, the father, Gregorio Esparza, was the only one of the defenders whose body was not burned as Santa Anna had ordered," the doctor spoke as he peered into Noldo's left ear. As he moved the stethoscope around his chest and back, he added, "Gregorio was spared that fate because he and his brother had served bravely as regulars in the Mexican Army and his brother got permission to rescue the body from among the dead defenders of the mission.

"Well, you seem to be fine otherwise, Noldo, but I want you to stay here overnight and make sure you're okay in the morning..." As he gave Noldo a pat on the back, someone knocked on the door; it opened and in came his Tío Roberto, followed by Don Manuel.

"Noldo, how are you, m'hijo?" his Tío asked him. "I got a call from Don Manuel. He told me what happened: you had just walked out of his home, when you got dizzy, I guess, and passed out just a few feet from his porch. Don Manuel called a neighbor who had a car and they brought you here to the hospital. Guy, you gave everybody quite a scare."

"I was just telling Noldo," the doctor added, "that he'll have to stay overnight so we can keep an eye on him for a while, just to make sure he's okay."

"Sure, Doc. We understand. I have to get home as quick as I can to tell Noldo's grandmother. She'll really be worried by now."

"Hey, by the way," he added, "someone's been really anxious to see you." His Tío stepped aside and motioned to someone; Rafas then came up to Noldo's side and the two buddies smiled and exchanged looks of friendship.

"Hey, Noldo. Glad to see you're okay, guy. I brought your baseball cap—I found it next to you when I caught up with you at Don Manuel's house. When you didn't come back for such a long time… Well, *ni modo*, I'm glad to see you, that's all," Rafas concluded, setting Noldo's cap on his chest.

"Gee, thanks, Rafas, you're a real pal," Noldo replied, as he picked up the cap. "Say, wait till I tell you what I saw, and there's so much I learned while I was back in… Well, it was like magic, Rafas," but Noldo stopped himself. He realized that no one would believe his story; at that moment, he hardly believed it himself.

"Well, guess you have to rest, but don't forget, it's my turn next," Rafas reminded Noldo.

"Yeah, I can hardly wait to ride my scooter again," Noldo chimed in.

"What was that, Noldo?" his Tío said, "I wouldn't be too sure about that. Don't forget, your abuelita hasn't heard about your wild ride down to the creek on that thing, not to mention what your Tíos and I have to say about it."

Noldo and Rafas eyed each other, and broke out in big grins. They knew that somehow, real soon, they'd be back on that magical scooter again.

After thought

A few days later after the doctors had declared him healthy again, Noldo visited his friend at the city library to check on something that had kept itching at him since his adventure at the Alamo. He remembered the name of the old wagon driver, Doroteo Arango; it was sort of an unusual name, and he wanted to know if the old man was connected with Mexican history in any way. The librarian, who knew plenty about the history of Mexico and Tejas in particular, reminded Noldo about a great hero of the Mexican Revolution of 1910, Francisco "Pancho" Villa. As it turns out, that had not been his original name; Villa had been born, Doroteo Arango. Noldo had mixed up history somehow in his trip back to the Battle of the Alamo, or history had mixed him up.

As he rode the bus home that day, Noldo watched the downtown office buildings and stores give way to neat little homes along the route, and he wondered what it might have been like to be a kid in the days of the Mexican Revolution; he'd sure like to know. . .

Armando Rendón, Esq.

About the author

Armando Rendón grew up in the Westside barrio of San Antonio, Texas, and much of our hero's story and background sounds a lot like the life and times of the author. Armando moved to California in 1950, but he stored away his childhood memories, he now believes, so he could write this first in a planned series of stories about the adventures of a Mexican-American boy growing up in a challenging period in U.S. history during and right after World War II.

He authored *Chicano Manifesto*, the first book about Chicanos by a Chicano, in 1971. He is also the founder and editor of an online literary magazine, *Somos en escrito*, which he launched in November 2009. *Somos en escrito* can be accessed at www.somosenescrito.blogspot.com.

Armando now lives near Berkeley, California, with his wife, Helen. Their four children live close by, which makes for a fun profession: grandpa of five grandchildren.

Noldo and His Magical Scooter

Glossary

Abuelita, grandmother

Abuelo, grandfather

Agua fresca, a fruit drink

Álamo, name of a mission in San Antonio, scene of a famous battle pitting Texas loyalists against Mexican armed forces in 1836

Ándale, Come on; acuéstate, get to bed.

Arroyos, streams

Buenos días, Good morning, good day

Caliche, soil with lots of clay in it

Callejón, alley; callejones, alleys

¡Chispas!, sparks

Comedor, dining room

Cuidado, careful

Familia, family

Jarra, a red-clay pitcher common in most Mexican kitchens or dining rooms

Levántate, Get up

M'hijo, my son; M'hijito, my little son

Manubrio, handlebar

Me llamo, My name is

Misión, mission

Muchacho, boy

Novias, girlfriends

Párate, stand up

Pasa, Come in

Noldo and His Magical Scooter

Peón, a field worker, peones, field workers

Petate, a straw mat for sitting or sleeping

Poncho, a rectangular cloth with a slit in the middle that is worn over the shoulders

Pues, Well,

Pues, well, ándale!, get going

¿Qué no?, Isn't that so?

¿Qué pasa?, What's happening?

¿Qué pasó?, What happened?

Quesadillas, flour tortillas cooked on a griddle then folded over and filled with cheese, meats, or other tasty foods

Queso, cheese

¿Quién es? Who is it?

Quién viene? Who is coming?

Ranchito, a small farm or ranch

Sandía, watermelon

Señor, Mr.

Señora, Mrs.

Sombrero, hat, in this story, a wide-brimmed one made of straw or felt

Tía, aunt

Tío, uncle

Trompo, spinning top, a popular toy used in a competitive game by Mexican American children to this day

Vámonos, Let's go

Vamos, Let's go

Vamos a ver, We'll see

Ven, Come

¡Viva!, Long live!

Noldo y su patinete mágico en la Batalla de El Álamo

Por
Armando Rendón, Esq.

A mis nietas, Lauren, Lina Rose, Elizabeth y Aitana. Y a Dominic, mi nieto.

Armando Rendón, Esq.

Agradecimientos

A mis antepasados, mis ancestros, y a los miembros de mi familia que todavía viven en San Antonio, mi más sincero agradecimiento por tener todos que ver con la historia de Noldo, el mejor camarada de mi juventud.

Mi gratitud especial y mi cariño para mi Tío Davíd Reyna, nacido el 16 de marzo de 1915, y quien a sus 98 años supone mi más prodigiosa ligazón a un pasado que está muy presente en su memoria. Ha sido para mí una constante fuente de información y alegato sobre aquellos días que fueron parte de mi infancia. Y la de Noldo.

La precisión y los detalles minuciosos de los acontecimientos históricos de la batalla de El Álamo se los debo a Andrés Tijerina, doctorado en la historia de Tejas y los mexicoamericanos y profesor en Austin Community College desde 1997. Su crítica me ha sido un recurso inestimable.

Para la versión española de Noldo, soy deudor de Pilar Gascón Rus. Mi agradecimiento a su colaboración y a un trabajo que excedió con mucho los límites trazados al comienzo en un esfuerzo por hacer de Noldo un héroe conocido dentro del mundo de habla hispana. Pilar es doctora en filología hispánica y enseña en Western New Mexico University.

Mi otro reconocimiento especial para Joe Villarreal, afamado artista de San Antonio, también

Noldo and His Magical Scooter

natural del barrio de Westside, y quien en verdad y con verosimilitud imaginó y recreó el personaje de Noldo para la ilustración de la portada de este libro.

Mi amor y gratitud por los cuidados y el apoyo dados a Noldo y a mí por Helen, mi admirada esposa, y a Mark, Gail, Paul y John, nuestros maravillosos hijos.

Armando Rendón, Esq.

Noldo y su patinete mágico en la Batalla de El Álamo es la historia de un chico mexicoamericano quien, después de construir su propio patinete de materiales de desecho que encuentra por su barrio, es mágicamente transportado del San Antonio de los años 50's a una de las más conocidas batallas de independencia de la historia de las Américas. Aprendemos de qué manera vive un chico en aquellos tiempos tan difíciles, siendo muy creativo con lo poco que tiene, y a través de sus ojos, lo vemos hacerse amigo de un muchacho que vivió hace más de cien años. Por los sacrificios de la población tejana, que precedió a los colonizadores anglos, vemos una muestra de los valores familiares y sociales de una comunidad que fue suprimida a mediados del siglo XX. Por último, la historia tiende un puente que va desde los chicanos de hoy día hasta sus raíces históricas en el Suroeste, revelándonos una historia que ha sido excluida de los libros de texto y de los medios de comunicación.

Noldo y su patinete mágico

Armando Rendón, Esq.

Capítulo 1

Para Noldo, el verano era una época en que el calor estallaba como un fogonazo de días de canícula sin fin, como cuando a él se le ocurría juegos para pasar el tiempo, jugar con los chicos vecinos por los callejones o los arroyos persiguiéndose por pura diversión. En cualquier momento, un fulgor de luz iluminaba un repentino aguacero que empapaba la rajada tierra caliche del barrio y mandaba al chiquillo de vuelta a casa calado hasta los huesos.

Si estaba adentro, las recámaras se oscurecían cuando las nubes se adueñaban del cielo tejano y antes de darse uno cuenta, ¡zas!, un trueno desataba gotas gruesas de lluvia, primero en forma de salpicadura para luego formar una película de agua que inundaba las calles y patios.

Sólo momentos después el estrépito del firmamento y

Noldo and His Magical Scooter

el latigazo de la lluvia amainaban, y las nubes retrocedían como dobladas en una retaguardia a la espera de un nuevo ataque.

En ese momento Noldo, con su larguirucho cuerpo enrollado en el sillón inmenso que dominaba la sala frontal de la casa de su abuelita, gozaba de los breves momentos que adoraba, aquellos en que la tormenta se había esfumado justo antes de que el sol tomara de nuevo el mando sobre la empapada tierra y sus gentes. Cerraba el libro de la biblioteca que acababa de terminar de leer: páginas con ilustraciones y párrafos de la batalla de El Álamo. Había aprendido que la contienda ocurrió en 1836, cuando Tejas era todavía una provincia de México, pero había aún mucho que aprender sobre aquellos días. Si en su ciudad natal había llovido como ahora durante aquella época de rebelión, podía imaginar el combate acaeciendo en un clima tan húmedo tras las tormentas de esta región de Tejas.

Mas ahora el aire era fresco y olía a tierra mojada, con la puerta frontal abierta, la brisa entraba por la puerta de rejilla, oliendo ligeramente a recién llovido y acariciando su cara y brazos desnudos. Pareciera como si las vacaciones de verano tuvieran prisa, bien que lo sabía él, así que los recuerdos de momentos como aquel tendrían que durarle todo ese año escolar en que iba a rememorar emociones que nunca dejaría escapar. Mientras que sus sentidos absorbían el mundo que lo rodeaba, ignoraba que este iba a ser un verano muy diferente.

— ¡Arnoldo, m'hijito, ven! La sopa está lista –le gritó su

Armando Rendón, Esq.

abuela, mientras el penetrante olor del caldo que le llegaba de la cocina le anunciaba que estaba listo para servirse.

—Ahí voy, abuelita –le gritó de vuelta. Su abuela era una gran cocinera de todos los platillos mexicanos que a él tanto le gustaban. Hoy había hecho una espesa sopa de jitomates y de frijoles que se derretían en la boca con tortillas del día anterior mezcladas y aromatizadas con su mezcla de especias. Incluso en días de calor, cocinaba desde la mañana hasta el atardecer, siempre lista para servir de comer a cualquiera de los cuatro hijos que se dejaban caer para el desayuno de camino al trabajo, o venían a almorzar si desempeñaban sus ocupaciones cerca de la minúscula casa que había sido el lugar de nacimiento y de crianza de sus cuatro hijos y sus tres hijas.

Por las tardes la cena estaba lista para los dos tíos que aún vivían en casa. Noldo —cuyo nombre era en realidad Arnoldo, aunque sólo su madre y abuela lo llamaban así —, era el octavo hijo para su abuelita, así que sus tíos eran como hermanos para él.

Noldo pensó en su madre, Teresa. Se había mudado a California durante la guerra para buscar trabajo en la industria de defensa, y como otras mujeres de su época, había dejado a su bebé al cuidado de su madre, hermanos y hermanas. Tenía muchos primos, por supuesto, una vez que sus tíos habían regresado de la gran guerra y habían comenzado a casarse y a formar sus propias familias. Su padre no había vuelto del servicio del ejército naval: había muerto en una isla de algún lugar del Pacífico. Su madre era la penúltima de los siete hijos de la abuelita, así que para cuando nació Noldo, un montón de caritas morenas comenzaron a meter sus narices en su cara. Durante un tiempo fue como un muñeco con el que los mayores podían jugar. Una de las tías también se había casado, y ya tenía dos niños y una niña cuando Noldo andaba todavía en pañales. Sin embargo, tan pronto como creció le tocó el turno para distraer al más reciente bebé de sus primos, y en ocasiones terminó por entretenerlos mientras los mayores celebraban sus fiestas o discutían en el jardín trasero.

Ser el centro de atención le trajo a Noldo problemas con antelación. Una mañana, que debió ser la de un sábado porque algunos de los primos en edad de comenzar la escuela estaban presentes, Teresa, la mamá del chamaco, antes de irse a trabajar lo había colocado en una silla alta para que pudiera vigilar a sus primos mientras jugaban en el camino de entrada que llega hasta la casa de Tía Sophie y Tío Ramón. Trabajaba en la fábrica de pasta que se encontraba al otro lado del camino de entrada, un lugar regentado por su Tía para el dueño, el viejo Señor Barone.

Todo el mundo lo estaba pasando bien: los primos estaban jugando a un juego que Noldo había estado siguiendo desde lo alto de su silla, irguiéndose cuando lo necesitaba. De repente, la silla comenzó a tambalearse. Eso fue lo que le dijeron luego sus primos. ¡Pum! La silla resbaló justo lo suficiente como para hacer caer a Noldo, estrellándose contra el pavimento. ¡Pobre Arnoldo! Primero cayó de bruces. Dio con la nariz contra una piedra afilada y comenzó a sangrar.

Al principio los primos sintieron pánico. Luego, Mamá, Tía Sophie y el Señor Barone salieron disparados para averiguar de dónde procedía el griterío. Cuando vieron la sangre comenzaron a gritar ellos también y a culpar a los niños, tratando de restañar el chorro de sangre con lo primero que encontraron. Tía Sophie se quitó el delantal, con todo y harina, para tapar la herida. Por suerte para Noldo, Tía Sophie vivía justo cerca del hospital más grande de San Antonio y, pese a la confusión, se lo llevaron rápidamente para ser ingresado en urgencias. Noldo sobrevivió al accidente, y aunque era muy joven para recordar lo sucedido, lo rememoró el resto de su vida por la cicatriz que le cruzaba el puente de la nariz y que a medida que él crecía se hacía más desigual.

Tan pronto como dejó caer el libro de la biblioteca, Noldo se acordó del recorte de periódico que había estado usando para marcar las páginas del libro: mostraba un patinete a la venta en Joske's, una tienda del centro de la ciudad. Él se había imaginado a sí mismo montando en el patinete, con el viento revoloteándole el cabello y a todos los chicos mirándolo pasar zumbando. ¿Debería preguntarle a la abuelita si se lo compraba? El precio era excesivo. Nunca conseguiría ahorrar lo suficiente con lo que sacaba de trabajillos que hacía aquí y allá en el barrio. Decidió que no perdía nada con preguntar y ver lo que sucedía.

Noldo sabía que no se podía sentar a la mesa sin haberse lavado antes las manos, así que dio un rodeo desde el cuarto de enfrente hasta el baño. Tan pronto como olió el aroma proveniente de la cocina, sonrió a los ojos negros que lo miraban desde el espejo situado sobre el lavabo. Tomó un peine, los deslizó sobre su espeso pelo negro, se frotó las manos con mucho jabón, y se las secó antes de encaminarse al comedor. La casa de su abuelita era bien

Noldo and His Magical Scooter

pequeña, o sea que era cuestión de caminar varios pasos desde un cuarto al otro.

—Gracias, abuelita, huele sabrosa la sopa –le dijo el niño tan pronto como arrimó una silla a la mesa. La sopa olía deliciosa y rezó una rápida oración de agradecimiento antes de tomar la cuchara para comenzar a comer del gran cuenco que su abuelita le había servido.

—Y gracias a Dios que terminó la lluvia pronto –le contestó ella—. ¿Qué vas a hacer ahora por la tarde, m'hijo? Durante todo el día, abuelita le dio gracias a Dios por todo, por el cambio del clima, porque alguien se pasó por casa, incluso por dejar caer un plato. Justo ahora le estaba dando gracias a Dios por haber cesado la lluvia tan rápido, pero le cuestionaba una buena pregunta: ¿a qué se iba a dedicar Noldo por la tarde?

—No sé, abuelita. ¿Ah, abuelita?

—Sí, m'hijito. ¿Qué tienes? –le preguntó, sintiendo que tenía alguna idea metida en la cabeza.

— ¡Mire, abuelita, este aviso! Es para un patinete, una máquina con ruedas, como una bicicleta –y le alargó el recorte mientras gesticulaba en el aire tratando de describir el funcionamiento del patinete y de dar forma a las llantas que llevaba, como las de una bicicleta.

—¡Ay, Arnoldo! Parece una máquina muy bonita y divertida. Pero mira el precio. Hoy, como están las cosas, no sé cómo íbamos a poderlo comprar —. Su abuelita, tal cual él había previsto, estaba de acuerdo con que el patinete era precioso y que sería muy divertido para él, pero con la carestía de la vida, ella no sabía si iban a poder comprarlo.

—Sí, lo entiendo, abuelita. El patinete cuesta demasiado.

Está bien, abuelita −le dijo, forzando una sonrisa.

De repente, parecía como si las nubes hubieran sido barridas a lo largo de todo el cielo. Noldo ya sabía que corrían tiempos difíciles para su familia. No le estaba pidiendo ayuda a los tíos por lo ocupados que se hallaban haciendo planes para el futuro. Tío Fred estaba comprometido para casarse con el amor de su vida, a quien conoció en la secundaria. Tío Bobby quería asistir a la universidad con los beneficios ofrecidos por el Ejército a los que habían servido en él. Además, se iba a mudar a su propia casa.

Noldo sorbió rápido la sopa y se la terminó. Un taco de frijoles refritos en una tortilla de maíz la hubiera hecho más deliciosa y habría tenido más sabor que sola. Abuelita siempre tenía una olla de frijoles cocinándose para el almuerzo. Don Simón, que abastecía en su vieja troca a todo el barrio llevando tortillas o masa para hacerlas, le acababa de llevar varias docenas de tortillas a su puerta. De hecho se podía oler la troca cuando el viento soplaba en la dirección correcta. La boca se le hacía agua con la ráfaga olorosa de las tortillas anunciando la llegada de Don Simón.

—Gracias, abuelita −dijo entrando en la cocina un momento para abrazarla y sentirse momentáneamente envuelto en sus brazos. Tomó luego una gorra de béisbol y gritó "¡Adiós!" mientras empujaba la puerta de rejilla que lo conducía al patio de atrás.

Capítulo 2

"¿Qué era lo que en realidad iba a hacer?", Noldo se lo cuestionaba mientras se calaba en la cabeza una gorra de béisbol de los Bucaneros. Su Tío Freddie jugó en el equipo de la liga de la ciudad, y era en verdad bueno con el guante y el bate. Justo ahora, Noldo no estaba seguro de qué iba a hacer por la tarde. En los muchos días de verano siempre inventaba momento a momento lo que iba a hacer. Atravesó la verja por la puerta chueca que marcaba el límite del patio de atrás de su casa y durante un rato caminó por el callejón sin asfaltar, como todos los que separaban la parte de atrás de las casas del barrio, su vecindario, aquí en la parte oeste de la ciudad, llamada el Westside. Se encontraban de vez en cuando pequeños charcos que habían sobrevivido al sol abrasador y que había convertido el aire en húmedo y caluroso: otro simple y típico día veraniego.

Su mente vagaba al igual que sus pasos. Todos mis tíos y tías casados tienen más de un hijo, notó, y yo soy el único sin hermano o hermana. Me alegro de tener a mis tíos en casa, son como hermanos para mí, así que en cierto sentido, no estoy solo. La desilusión de Noldo por no conseguir un patinete había ensombrecido sus pensamientos tanto como la tormenta de esta mañana había oscurecido el tempestuoso cielo.

Noldo caminó despacio por el callejón empujando a patadas una lata por no tener nada mejor que hacer. El efecto del calor lo hizo soñar despierto. La visión flotaba en su cabeza haciéndolo imaginar que se iba a lanzar a una aventura que lo estaba esperando a la vuelta de la esquina.

Y entonces lo vio. ¡Había un patín sobresaliendo de una de las cajas que se hallaban apiladas tras una casa! Su resplandeciente metal captó su mirada. De no haber sido por lo llamativo del metal no habría visto las cajas. Mucha gente usaba los callejones como vertederos para todo, desde basura hasta muebles, incluso cosas de valor, como el patín.

Pero, ¿dónde estaba el compañero? Noldo miró dentro de la caja donde vio el primer patín, pero no vio nada. Cuando comenzó a moverla para mirar dentro de otras, la voz de un hombre le gritó desde detrás de una valla de madera: "Oye, tú, ¿qué andas haciendo? ¡Deja esas cajas,

Noldo and His Magical Scooter

mex! Condenados grasosos, no respetan la propiedad ajena". El hombre seguía hablando, pero Noldo ya había comenzado a correr por el callejón y al llegar a la esquina, dio la vuelta a la izquierda para girar en círculo y así regresar a su casa. Sabía que el hombre lo estaba insultado. Sus tíos ya le habían advertido que no se rodeara de tipos como ese.

"Imagínate, —se dijo Noldo a sí mismo, absorbido por su nuevo descubrimiento —, alguien había tirado semejante maravilla". Nunca había visto un par de patines tan de cerca, sólo en los anuncios de periódico, así que ahora examinó cómo habían confeccionado el patín y se dio cuenta de que estaba hecho de una sección frontal y otra posterior, unidas por una plataforma de metal donde se encajaban las ruedas con tuercas y tornillos.

El dibujo del patinete que había visto en el periódico se le apareció mentalmente. Sacó el recorte del bolsillo, lo miró para luego dirigir la mirada al patín, y así de esa manera se le ocurrió la idea de que quizás podría encajar las ruedas en el borde de un tablero y de esa forma comenzaría a construir su patinete. "¿Por qué no?" —se dijo Noldo a sí mismo —. "¡Puedo construir mi propio patinete!"

Noldo dio unas zancadas rápidas y con determinación para dirigirse de vuelta a casa y buscar en la caja de las herramientas que él ya conocía y que se encontraba en el viejo garaje, justo a varios pasos detrás de la vivienda. El edificio parecía un granero que una vez había lucido una capa de pintura roja, tan viejo ahora que se inclinaba a un lado y que, sin embargo, era el escondite favorito de Noldo. Muchas cosas innecesarias se habían apilado allí: sillas con patas rotas que nunca iban a ser arregladas, una podadora que necesitaba una nueva manilla, herramientas oxidadas, lámparas que ya no daban luz, y hasta un viejo carrito Ford modelo A. Noldo había manejado en su imaginación aquel viejo carrito a lugares sobre los que había leído en la escuela. Recordaba una foto de uno de sus libros y se imaginaba a sí mismo yendo cuesta abajo o subiendo una montaña. ¡Tantos habían sido los lugares a los que el viejo carrito había llevado a Noldo!

Pero ahora no tenía tiempo para un coche sostenido sobre bloques de madera hasta que alguien compusiera el motor algún día: él tenía mejores cosas que hacer. Para empezar, Noldo levantó la tapa de la pesada caja de herramientas, que llevaba en el garaje tanto tiempo como él podía recordar. Dentro había todo tipo de utensilios. De algunos no podría imaginar nunca para lo que servirían, y sin embargo nadie los tiraba a la basura. Sacó un martillo, un cincel, el desarmador más grande que encontró, unos alicates, unas tenazas y una palanca. Sobre un estante descubrió una lata de café repleta de clavos de todo tipo y tamaño, justo lo que iba a necesitar para su proyecto.

Cargado con todas sus herramientas –aunque no estaba seguro de cuál de todas iba a usar —, se las llevó a un lugar a la sombra de un viejo árbol, también sombreado por una pared del garaje. El aire húmedo que seguía siempre a un aguacero había comenzado a sentirse, por lo que Noldo agradeció la sombra.

De un golpe dejó caer el montón de herramientas sobre la tierra y luego se sentó a descansar un rato para pensar qué haría a continuación.

"¿Qué necesito ahora para mi patinete?", se preguntó

a sí mismo. Se puso a pensar: "Madera, por supuesto, piezas de madera que puedo serruchar para clavarlas, pero ¿dónde puedo encontrarlas?"

— ¡Noldo, oye *guy*! ¿Qué pasa? ¿Qué haces con todo eso? –Noldo dirigió la mirada hacia arriba y vio a su vecino Rafas pasando por la abertura de la cerca de alambre que había entre las dos casas. "Pongamos —pensó— que quizás Rafas tenga algunos pedazos de madera".

—Oye, Rafas, llegas justo a tiempo para echarme una mano. Tuve una gran idea para hacer un patinete. La saqué de un periódico. Oye, bato, era carísimo, por eso pensé: "¿Por qué no hago yo mi propio patinete?" Se me ocurrió cómo hacerlo cuando encontré este patín. ¿Ves? –Siguió hablando, cada vez más excitado a medida que contaba su plan—. Puedo quitar las llantas del patín para usarlas para el patinete. Todo lo que necesito es madera, y así puedo clavar las llantas y después poner otra pieza larga para el manillar. Híjoles, no tengo manillar. Y bien, ¿qué te parece? –como Noldo estaba parado, lo jaló de la manga a Rafas para que se acercara a la pila de herramientas.

—¿Vas a hacer un patinete con sólo ésto que hay aquí? –preguntó a su vez Rafas, poniendo cara de duda —. No sé, Noldo, un patinete tiene todos estos tornillos y partes de metal brilloso, pero nunca he visto ninguno con llantas de patín.

—Yo tampoco he visto nunca uno así –replicó Noldo, corrigiendo la gramática de su amigo a medida que hablaba —. Pero eso no significa que sea imposible.

No obstante, pensó Noldo, Rafas tenía razón sobre la dificultad de construir su propio patinete, que no tenía que ser lujoso, sino lo suficientemente fuerte como para llevarlo volando calle abajo. Y se imaginó a sí mismo patinando por las banquetas.

—¡Órale, Rafas! Acabas de darme una gran idea. Primero tenemos que hacer un dibujo pensando en cómo será el patinete, un dibujo como los que hacemos en clase cuando dibujamos carros y aviones, ¿sabes?, como cuando no estamos prestando atención y el maestro siempre nos sorprende dibujando. ¿Sabes lo que quiero decir? Haremos un dibujo para saber cómo queremos que sea, y luego seguimos el... el diseño. Qué gran idea. ¡Gracias, Rafas!

Su amigo negó con un gesto y dijo: —Claro, claro, cuando quieras —pero se preguntaba si su amigo no habría estado al sol demasiado tiempo. Rafas miró a su amigo entrar a la casa y al rato aparecer con un cuaderno y un par de lápices en la mano.

—De acuerdo, Rafas, ya podemos empezar.

Y bien seguros de lo que querían, los dos chicos, vecinos y compañeros de escuela desde donde les alcanzaba la memoria, se sentaron para poner sobre el papel la idea que a Noldo se le había ocurrido.

Rafas dibujaba mejor que Noldo, así que fue él quien empezó el bosquejo de las líneas básicas del patinete. Después de hacer trazos y de borrar en una hoja, y luego de volver a dibujar en varias hojas más, poco a poco la máquina fue tomando forma. Y esto es lo que salió:

§ § §

Fue un patinete bien sencillo, de acuerdo. Las llantas estaban situadas en cada esquina, al borde de un tablero grueso, justo como el del anuncio. Había otro tablero que iba a colocarse de manera vertical, justo en el borde frontal del tablero que iba servir de base. Fue idea de Noldo añadir dos piezas a los lados para unir los dos tableros, "para que queden bien unidos", explicaba Noldo. Por último, Rafas dibujó el manillar, que acabó con cintas.

—Bueno, se ve bien así, Rafas –dijo Noldo a su amigo a la vez que le daba palmaditas en la espalda. Buen trabajo, amigo.

—Yo diría que queda muy de aquellas. Pero, Noldo, todavía necesitas pedazos de madera y clavos, y el "*handlebar*". ¿De dónde los vas a sacar?

—También vamos a necesitar una buena sierra, Rafas. Vamos a serrar mucho. Por lo que respecta a los pedazos de madera y al manillar, vamos a conseguirlos del mismo lugar de donde sacamos el patín, del callejón. Pero vamos hacia Arroyo Zarzamora. Hay más posibilidad de encontrar mejores cosas allí.

Noldo no mencionó su encuentro con el viejo señor enojón que vivía en dirección contraria.

Mientras doblaba su diseño y se lo guardaba en el bolsillo, Noldo se levantó del piso tomando la mano que su amigo le ofrecía, y de una vez comenzaron el siguiente episodio de su aventura.

Capítulo 3

El barrio al oeste de San Antonio, o el Westside, era en los años 50's un mosaico de casas chiquitas en su mayoría que se habían extendido por décadas desde comienzos de 1900 –especialmente cuando irrumpió la revolución de 1910. Miles de mexicanos cruzaron la frontera hasta Tejas para estar con su familia o sus amigos, todos descendientes de los primeros pobladores de Tejas, la provincia más al norte de México. Se llamaron a sí mismos "tejanos", y fueron gente orgullosa e independiente. La abuelita le había contado a Noldo los conflictos de la guerra civil en su país de origen, lo que había forzado a su familia a cruzar la frontera hacia Tejas, el estado más cercano al lugar

108

donde había nacido. Era aún una chamaca cuando cruzó la línea con su madre en 1903. La abuelita recordaba que en aquellos días los oficiales de la Unión Americana sólo preguntaban a la gente adónde iban y les cobraban diez centavos para entrar.

El lado oeste había sido una zona conveniente para que los inmigrantes mexicanos se establecieran allí por los muchos méxico —americanos que ya tenían allí sus hogares. Los hombres habían encontrado trabajo en la construcción, en los ferrocarriles y pizcando todo tipo de frutas, nueces y verduras en las rancherías de los alrededores. Muchos aprovechaban su destreza como jinetes para trabajar como vaqueros en los ranchos. Una importante fuente de trabajo para las mujeres fue la industria de las nueces. Las recolectaban, las descascarillaban y las enlataban, lo que hizo posible que muchas jóvenes contribuyeran con un ingreso extra para la supervivencia de la familia.

Pero al ser el Westside un área mexicana, había sido seriamente afectado por la Depresión y ahora permanecía como uno de los vecindarios menos desarrollados de la ciudad. Noldo había escuchado muchas historias sobre la manera como sus antepasados habían resistido aquellos días, pues los trabajos habían sido escasos y los salarios aún más.

Noldo y Rafas pasaron por un camino donde, a ambos lados, se veía el resultado de aquella era de la Depresión. Algunas casas eran poco menos que jacales, aunque por dondequiera las familias habían construido viviendas bonitas, con patios traseros en buen estado y de paredes coloridas. Su propia casa era chiquita y bien construida, hecha por su abuelo, quien había sido trabajador de la construcción y capataz, así que sabía cómo construir casas.

Por ahora, Noldo estaba examinando ambos lados del callejón, pues no quería perderse nada que pudiera servirle para terminar su patinete. Rafas lo seguía pegado a sus talones, mirando hacia atrás y parándose a menudo. Una vez cazó un lagarto que atravesó la calle. Era demasiado rápido para él, así que terminó por esconderse bajo algunas ramas caídas antes de que lo pudiera agarrar.

Noldo sabía que estaba haciendo cada vez más calor, pero no quería dejar de buscar. Luego vio un tesoro de materiales. Alguien estaba arreglando una casa más adelante y había echado pedazos de cemento y estuco con trozos de madera que él estaba seguro de poder usar.

— ¡Rafas! ¡Mira hacia allí, hacia aquella cerca de alambre! ¡Hay los pedazos de madera que necesitamos para nuestro patinete!

—Pero espera —le advirtió Noldo en un susurro —. Casi me meto en problemas hace un rato al no haberme dado cuenta de que había alguien por allí. Hay gente que tira cosas pero que cree que nadie más puede llevárselas. Rafa gruñó un "Ajá" y ajustó el paso al de Noldo.

Ahora caminaban un poco más despacio, como si tuvieran todo el tiempo del mundo para recorrer todo el camino del callejón. Dieron patadas a algunas piedras mientras paseaban, y luego, a medida que se acercaban a la pila de materiales de deshecho, Noldo comenzó a buscar algunas piezas decentes que había visto cerca de los pedazos de estuco. Queriendo parecer despreocupados, se acercaron a la basura y comenzaron a darle patadas a algunos trozos que se encontraron. Noldo se agachó y escogió unos leños de varios tamaños, se los acomodó bajo el brazo y así siguieron caminando indiferentes. Rafas cogió un palo que comenzó a mover como si fuera un bate de béisbol, imaginándose que estaba frente a un lanzador de pelota que se la tiraba. Luego la lanzó tan lejos que pareció salirse del parque.

—Hey, Noldo, ¿viste aquella pelota volando hasta salirse del parque?

—¡Claro, ha sido una gran tirada, Rafas! ¡Tu equipo ganó el partido!

Verlos dar una caminata era lo más natural del mundo: dos chilpallates, el uno junto al otro, recorriendo el callejón. Uno de ellos yendo hacia su casa corriendo de un lado al otro, y el otro con varios pedazos de madera bajo el brazo, planeando ya como unirlos para hacer el patinete. Un patinete como no habría otro, y pronto lo sabría.

§ § §

Noldo y Rafas dieron un rodeo para llegar por el lado de atrás a la casa de su abuela, por la que se entraba por la cerca de alambre que quedaba cerca de la casa de Rafas. Era algo más fresca esa parte porque había una enorme parra cubriendo la cerca entre las dos casas, exceptuando, por supuesto, la parte por donde Rafas pasaba cuando visitaba a su cuate Noldo.

Sin pausa ninguna, Noldo se fue derecho a la caja de las herramientas, donde encontró un serrucho tan oxidado

Noldo and His Magical Scooter

que tuvo que buscar si había una lata de aceite. Tan seguro estaba que la encontraría, que la halló escondida en un librero junto a otras latas y botes. Se dio cuenta de que también lo que necesitaba era una llave inglesa para sacar los tornillos del patinete. ¡En unos cuantos minutos Noldo lo había desmontado y ahora tenía los dos pares de ruedas que necesitaba para su patinete!

Pero al mirar desde más cerca la construcción del patín, se dio cuenta de que quedaba aún un chorro de detalles por resolver. La parte superior de las dos secciones que sujetaban el patinete no eran planas, sino que terminaban en una especie de chapa curva, de esas que sirven para sujetar la puntera de un zapato. Y la parte de atrás tenía una pieza de metal que se curvaba alrededor como para poder sujetar el tacón de un zapato. Noldo estaba aprendiendo una lección de diseño con la que no había contado.

"No importa –pensó —. Nada me va a impedir construir mi patinete".

Con la ayuda de Rafas y con algo de imaginación, Noldo comenzó a delinear su patinete. Tomó uno de los tableros más largos, uno de 2 por 4 pulgadas, de los que se utilizaban para construir la pared de una casa, y mientras se subía sobre el tablero con los dos pies, Rafas marcó con un lápiz el lugar que ellos imaginaban como suficientemente largo para sostener a quien lo montara, más la pieza central que sujetara el manillar.

Ese segundo tablero fue también medido por Noldo mientras estaba de pie sobre el primero adivinando su altura. Rafas marcó ese punto con otro lápiz. Ahora tenían que pensar de qué manera iban a unir las piezas por los lados del patinete. Al colocar el tablero de 2 por 4 pulgadas, les pareció lo suficientemente ancho, así que decidieron que con aquella anchura los tableros quedarían mejor.

—Ya lo tengo —dijo Rafas, chasqueando los dedos al recordar que su padre había usado algunos paneles para hacer una mesa de trabajo en el garaje —. Es delgado y fuerte. Mi padre usó algunos para que la mesa del garaje fuera más firme cuando trabajaba con motores. Y creo, Noldo, que tiene algunos que le sobraron.

—Estupendo. Vamos a ver qué encontramos. Le preguntaremos a tu padre si podemos usar algunos —dijo Noldo mientras corrían hacia la cerca y se apretujaban por el hueco para llegar al patio trasero de Rafas.

Y por cierto que había en la esquina del garaje algunos restos de paneles, y su padre, que componía todo tipo de motores para poder subsistir, les dijo que se llevaran lo que necesitaran.

—¿Qué andan ustedes dos haciendo?

—Un patinete, gritaron a dúo mientras volvían sobre sus pasos para dirigirse hacia la pila de herramientas y piezas de madera que habían dejado en la patio trasero de Noldo.

—Seguro —se sonrío el padre para sus adentros a la vez que les gritaba —. Y yo le pondré un motor para que ustedes puedan manejarlo con estilo —. Reía al sacudir la cabeza pensando en las ideas que a estos chamacos se les ocurrían. Luego volvió a su trabajo.

Los dos chicos regresaron a su tarea, deseosos de emprender lo que se iba a convertir en un reto de trabajo para ellos. Noldo recordó que había dos caballos de

Noldo and His Magical Scooter

carpintero en una esquina del garaje y que le iban a ser de gran ayuda para serrar las piezas de madera. Podrían turnarse para serrar y sujetar con firmeza los tableros a cada lado.

Tan pronto como comenzaron a colocar los dos caballos lado a lado, Noldo escuchó el sonido tan familiar de unos cubitos de hielo chocando dentro de una jarra de vidrio. Su abuelita estaba poniendo a enfriar agua fresca, agua de frutas, probablemente de sandía, y él apostaba a que también estaba calentando sobre el comal tortillas de harina con el queso fresco que a él tanto le encantaba.

—Rafas, creo que necesitamos tomarnos un descanso. Estoy sediento y hambriento, especialmente ahora que escucho a la abuelita hacer agua fresca para nosotros y que me parece oler a quesadilla.

Rafas no necesitaba que le insistiera. En un segundo se levantó y siguió a Noldo hacia la ventana de la cocina.

—Abuelita, ¿qué estás preparando? ¡Dímelo, por favor! —sabía lo que estaba haciendo, pero le gustaba bromear y hacer chistes para que ella le tomara el pelo.

—No es nada, Arnoldo. Yo sé que no te gustan ni el agua fresca ni las quesadillas, pero si quieres, tal vez haya otra cosa.

—Pues, abuelita, si hay otra cosa, creo que me gustaría complacerla. ¿Puedo traer a Rafas, esto..., a Rafael conmigo?

El final del juego consistía en que él le decía que si había algo para comer, él podría complacerla. Además sabía que la abuelita no se negaría a dejar que Rafas, Rafael para ella, comiera sus tortillas calentitas.

Armando Rendón, Esq.

—¿Rafaelito? Sí, cómo no, tráelo –le contestaba, seguro de que Rafas estaba también invitado —. Pero lávense las manos.

Por supuesto que primero tenían que lavarse las manos, y antes de entrar tenían que limpiarse las suelas en el felpudo y sacudirse el polvo adherido a su ropa de tanto merodear por las calles y de trabajar en su proyecto.

En cuestión de segundos se sentaron a la mesa del comedor y la abuelita le sirvió a cada uno un plato de quesadillas con un vaso de los grandes de agua fresca de sandía, una de las favoritas de Noldo. Comieron y bebieron en silencio, mientras la abuelita trajinaba en la cocina, probablemente preparando la cena de sus dos hijos más pequeños, que seguían viviendo con ella.

Mientras masticaba la quesadilla, Noldo pensó en sus tíos, Alfredo y Roberto. Freddie, como lo llamaban sus amigos, era ayudante de plomero, por lo que ganaba bastante por los muchos proyectos en la construcción que había por toda la ciudad. Bobby, el más joven de sus tíos, trabajaba como vendedor en una tienda de ropa para hombres en el centro de la ciudad. Era por ello un hombre elegante en el que se podía confiar para que sus hermanos quedaran vestidos con los mejores trajes y corbatas y fueran a la moda.

Noldo tenía otro par de tíos, pero no los conocía tan bien porque eran mayores, y porque después de servir en la Segunda Guerra Mundial, habían regresado y se habían casado con las novias con quienes habían planeado casarse desde que estaban en la preparatoria. Los tíos que todavía vivían en casa se casarían pronto también, y él se quedaría solo y sería el único hombre de la casa.

—Hey, Noldo, mi cuate, parece como si estuvieras soñando. ¿Se te ha olvidado el patinete? –le preguntó Rafas, sacudiendo a su amigo de su ensueño para recordarle que tenían trabajo por delante.

—¡Chispas! –replicó Noldo, usando una palabra que en inglés significa echar chispas de enojo, pero que en español es la forma de estar enojado con alguien, en este caso, con su tendencia a abstraerse con su pensamiento.

—Tienes razón, Rafas. Vamos a terminar y a volver al trabajo.

Y así, los dos chamacos terminaron lo que les quedaba de las quesadillas y se acabaron el resto del agua fresca. Cuando se levantaron de la mesa, Noldo llamó a su abuela.

—Gracias, abuela, estuvo muy sabroso –quiso hacerle saber lo mucho que le había gustado todo.

—Gracias, Doña Virginia, la comida estuvo muy sabrosa para mí también –añadió Rafas.

Mientras Noldo había usado el nombre afectivo de "abuelita", Rafas la había llamado "doña", que era la forma respetuosa de dirigirse a los mayores. Rafas iba tan a menudo que a veces parecía un nieto más.

§ § §

Bien abastecidos para volver a la batalla de la herramientas, ahora esparcidas por el zacate, el diligente dúo se puso manos a la obra. Al avanzar la tarde y cubrir con la sombra de los árboles y de los edificios vecinos el patio trasero, el espacio donde trabajaban comenzó a refrescar un poco, así que sus esfuerzos se hicieron más intensos.

Los chicos midieron de nuevo el largo del tablero de base, como lo llamaron, para estar seguros de que iba a haber suficiente espacio para los pies, uno detrás del otro, los dos sobre el tablero, más el tablero que iba a servir de soporte del manillar, el cual iba a estar colocado de forma vertical y necesitaba ser alto. Noldo se imaginó volando calle abajo, agachado hasta tener su cabeza muy cerca del manillar, el cabello alborotado por el viento y a la gente mirándolo con admiración mientras él pasaba zumbando.

—¡Híjoles! –se dijo a sí mismo.

—¿Híjoles, qué? –preguntó Rafas, quien no había sido incluido en el sueño que Noldo había tenido despierto.

—Bueno, sólo estoy diciendo "Híjoles". ¡Qué gran idea hemos tenido! ¿No, Rafas?

Su amigo asintió y siguió serruchando una pieza del panel, uno de los tableros que iba a unir las dos piezas principales de madera. Noldo sujetó uno por el borde, así no se iba a mover cuando Rafas lo serruchara. Era en verdad un trabajo para ser hecho entre dos.

Por fin todas las piezas habían sido cortadas y parecían encajar tal y como mostraba el dibujo, por tanto había llegado el momento de unirlas con clavos.

Lo primero que había que hacer, señaló Noldo, era aplanar por completo o sacar los soportes redondos de metal de la parte del patinete donde estaban las llantas, lo que iba a servir para que el pie no resbalara. Sin los soportes, las llantas del patinete podrían encajarse de manera ajustada en el tablero que iba a servir de base. Por

Noldo and His Magical Scooter

fortuna las placas sólo habían sido soldadas, así que con un gran esfuerzo y con Rafas sujetando la parte inferior con una llave inglesa, Noldo tiró hacia sí de las placas con unos alicates grandes hasta que se partieron.

Cuando trataron de ajustar las llantas en el tablero de base parecían haber sido hechas a medida. Incluso había varios huecos que pudieron usar para clavar algunos clavos y torcerlos para asegurarse de que las llantas habían quedado bien sujetas. Pero antes calcularon que iba a ser mejor unir los tableros, lo que fue todo un acierto porque las llantas habrían sido un estorbo al martillar las piezas.

Noldo sabía maniobrar mejor el martillo que su amigo, así que fue él quien empezó a clavar el tablero que iba a estar vertical y a sujetar el manillar sobre un extremo del tablero al que estaban sujetas las llantas. Primero comenzó a martillar un clavo sobre un extremo del tablero de base mientras Rafas sostenía el que estaba abajo, cosa que tenía su dificultad porque los tableros se tambaleaban y una vez casi golpea a su amigo en la cara. Luego Noldo se dio cuenta que si pasaba los clavos por el tablero de base y luego los clavaba al vertical, ¡era tanto más fácil y seguro! A continuación martilló los clavos en la base del tablero, en los agujeros de las chapas de metal, que al doblarlos, detuvieron las llantas. Enseguida quedaron firmemente sujetas al tablero.

Por los lados Rafas se adueñó de la situación. Utilizó clavos más pequeños para asegurar que las piezas de panel triangulares situadas cerca de la esquina quedaran unidas. El patinete iba tomando forma. Lo único que quedaba era el 'handlebar'. Noldo había pospuesto la idea de conseguir esa parte porque sabía que le iba a costar trabajo encontrarla. No conocía a muchos niños que tuvieran bicicleta, así que no iba a haber nadie que le diera la manilla de una bici vieja.

Justo cuando Noldo comenzaba a sentirse desanimado por este pensamiento escuchó que le llegaba el sonido familiar de una campanita desde la calle frente a su casa.

— ¡Rafas! Ése es el Señor Tomás, el trapero. Él siempre tiene cosas curiosas en su carreta.

—Vamos, pues, Noldo. No hay tiempo que perder –le gritó Rafas mientras se dirigía hacia la esquina de la casa con Noldo pegado a sus talones. Tan pronto como atravesaron la cerca, el Señor Tomás ya se encontraba frente a la casa guiando a su caballo, o tal vez su caballo lo estaba guiando a él a través de esa ruta tan familiar alrededor del barrio para vender o trocar cosas, cualquier tipo de cosas.

—Señor Tomás, ¡buenos días! –le gritó Noldo.

—Espérenos, por favor, —le gritó Rafas.

—Hola, muchachos, ¿cómo están? ¿Y en qué puedo servirles? —. Este viejo señor, con su cara enmarcada por una espesa cabellera, casi toda canosa y a juego con un abundante bigote y una barba también a juego, hizo un chasquido con la garganta, y su viejo corcel, bufando a los dos chicos, se detuvo con un klop, klop. Echó hacia atrás su desgastado sombrero y con voz calmada les preguntó cómo estaban y en qué podía servirles. Los chicos estaban tan excitados que comenzaron a hablar a la vez. Noldo consiguió finalmente que Rafas se callara, y dirigiéndose al señor, le dijo así:

—Señor Tomás, buscamos la parte que se usa para

Noldo and His Magical Scooter

manejar una bicicleta. —Noldo no conocía la palabra española para 'handlebar', descrita como la parte que se usa para manejar una bicicleta. Lo que sí hacía Noldo era sujetar un manillar imaginario, moviéndolo con las manos hacia ambos lados.

—Humm —respondió el viejo señor—, buscas un manubrio. Déjame ver —les dijo en lo que se bajaba del asiento y miraba con detenimiento lo que llevaba en su carreta. Noldo había aprendido una nueva palabra en español: 'manubrio'. Ahora los dos esperaban emocionados al Don de las Cosas, o al Señor Trastos, el apodo por el que los niños lo llamaban, aunque nunca en su cara. Esto hubiera sido muy brusco por parte de los niños a la hora de dirigirse a un mayor.

Los dos muchachos no eran lo suficientemente altos como para ver lo que contenía el interior de la carreta, pero pudieron escuchar al Señor Tomás revolviendo entre los objetos de su colección. Se movió hacia el otro lado del carromato y siguió rebuscando entre los artilugios. Gruñó un par de veces pensando que había encontrado lo que buscaba, pero luego sonaba un "klank" al echar para atrás lo que hubiera sido que había cogido.

—¡Ajá! —exclamó el coleccionista de objetos—. ¡Talvez esto les sirva!—. En la mano sujetaba, tal y como había dicho, algo que parecía servir para el propósito descrito: ¡un manubrio! Era justo lo que necesitaban.

Noldo y Rafas estaban tan complacidos que ambos se dirigieron hacia el Señor Tomás y lo abrazaron.

Pero entonces, recordando que el Señor Tomás vendía y trocaba sus cosas con la gente del barrio, Noldo retrocedió y le preguntó, dubitativo:

—Señor Tomás, ¿cuánto cuesta el manubrio? —El niño, queriendo saber su precio, levantó la cara para dirigir la mirada al viejo señor, preguntándose cómo iba a conseguir suficiente dinero para comprarlo.

—Para ustedes, como son unos niños tan buenos y que obedecen a sus padres y mayores, no les va a costar nada, pero cuando necesite que alguien me ayude a mover cosas o limpiar la carretera, ¿podré contar con ustedes?

Los niños no podían creerlo. Por ser buenos niños y obedecer a sus padres y mayores, había dicho el Señor Tomás, no iba a cobrarles ni un centavo, pero les preguntó si podría contar con ellos en caso de que los necesitara para mover cosas o limpiar la vagoneta.

—Sí, Don d..., esto..., Señor Tomás, ¡por supuesto! Claro que puede contar con nosotros —le respondieron.

—Bueno, llévenselo y que les vaya bien. Mis recuerdos a Doña Virginia, por favor.

Felicísimos por su buena fortuna, volvieron a darle las gracias una y otra vez, prometiéndole Noldo saludar de su parte a su abuelita. Noldo y Rafas no se habían dado cuenta de ello, pero Tomás El Trapero, estaba pagando de vuelta todos los favores que su abuelita le había hecho, como la pequeña bolsa de tortillas y carnitas que le había dado en plena época de la Depresión. Era el hombre con el que Doña Virginia podía contar cuando al cortacésped le faltaba un tornillo o cuando se atascaba la lavadora y ella tenía que retorcer la ropa a mano.

Atravesaron de vuelta la cerca. Tras ellos pudieron escuchar de nuevo el tintineo de los cascabeles del caballo echando a andar mientras ellos regresaban a su lugar de trabajo.

Ahora tenían que pensar de qué manera iban a unir el manubrio a la parte superior del tablero, lo que decidieron llamar 'la columna de dirección', como la de un carro. Por fortuna, el manubrio había estado unido a la barra de una bicicleta con soportes que asomaban lo suficiente como para que Noldo colocara algunos clavos en la madera. ¡Y por fin el patinete estaba terminado!

Por lo menos se parece al diseño que habían dibujado sobre el papel.

Los dos amigos examinaron el patinete muy de cerca, revisando la seguridad de los clavos que habían puesto, pensando en si habían quedado flojos en alguna parte, aunque parecía que todo quedaba bien apretado.

Ahora venía la auténtica prueba. Sin decir ni una sola palabra Rafas se echó hacia atrás haciéndole un gesto a su amigo para que lo montara, sabiendo que al haber sido idea de Noldo, éste iba a ser el primero en subirse al patinete para ver cómo funcionaba. Y así, pues...

§ § §

Armando Rendón, Esq.

Cerca de la casa de Noldo, al oeste, hacia Arroyo Zarzamora, los lados de las calles eran sobre todo de arena y grava, pero además, había largos tramos de aceras de concreto que servían para probar el patinete. El único problema era que, al acercarse al arroyo, el mismo que corría atravesando la calle, al llegar a cierto punto la zanja se hacía todavía más empinada. Cuando llovía, el arroyo se inundaba tan rápido que los carros no podían pasar, y por desgracia, algunos conductores que lo habían tratado de cruzar habían sido barridos por la corriente de agua. Todo el mundo en el barrio sabía lo peligroso que el arroyo podía llegar a ser.

Noldo and His Magical Scooter

Justo ahora, Noldo no estaba pensando en la lluvia, ni siquiera en las sombras que proyectaba la tarde a medida que iba anocheciendo. Él y Rafas tuvieron que caminar hasta la siguiente cuadra, cruzando la calle hasta la tienda de abarrotes de Nacha, uno de los lugares donde a los niños del barrio les gustaba juntarse hasta que Nacha salía y les gritaba, escoba en mano, que se fueran. Tan pronto como se iban, la dueña se ponía a barrer la entrada de su establecimiento.

Después de intercambiar saludos, Noldo se preguntó de repente dónde estarían los otros chicos del barrio. Pero pensándolo de nuevo se dijo a sí mismo: "Quizás sea mejor así, quizás sea lo mejor que solo Rafas y yo probemos el patinete".

—¡Híjoles!, Noldo, estaba pensando que ninguno de los otros muchachos está aquí ahora, lo cual es bueno, ¿no crees? —preguntó a Noldo su amigo.

—En eso estaba yo pensando, Rafas. Es como si me hubieras estado leyendo el pensamiento. Simón. **C**reo que es mejor que seamos los únicos que probemos el patinete.

Y así, los chicos se encontraron frente al tramo de concreto que se dirigía hacia el arroyo. Noldo revisó una vez más el ensamblaje del patinete y le pareció seguro. Estrechó la mano de Rafas de esa manera viril que había contemplado hacer a sus tíos y a otras personas mayores cuando los había visto en la plaza del centro de la ciudad, una manera confiada, resuelta y amistosa. Con un movimiento de su mano derecha se sujetó la visera de su cachucha de béisbol y la volteó hasta que la visera tocó la nuca. Ya estaba listo.

Armando Rendón, Esq.

Noldo había intentado montar en el patinete unos cuantos tramos dentro de su patio trasero, poniendo de manera cautelosa el pie derecho sobre la superficie del patinete y empujando con el izquierdo. Al principio se tambaleaba un poco, pero luego su peso se equilibraba, empujando con el pie hasta que podía deslizarse algunos metros sin necesidad de seguir dándose impulso.

"No está mal", pensó Noldo a medida que se deslizaba con suavidad banqueta abajo. También notó que la superficie de la acera no era tan resbalosa como le hubiera gustado. El patinete se agitaba un poco cuando pasaba sobre una pequeña grieta del cemento.

En cambio ahora sí rodaba de veras. La calle había comenzado a hacerse más cuesta abajo y cobraba velocidad. Ya no necesitaba darse impulso con el pie. Podía, sin duda, sentir el viento en la cara y las orejas.

Pensó cada vez más excitado: "¡Qué suave se sentía comparado a estar quieto!"

Quizás estaba a media cuadra cuando vio la barda que corría a lo largo de la calle que se acababa convirtiendo en un arroyo, y a veces en un tremendo río cuando había inundaciones en el barrio. Su idea era parar allí y descansar antes de emprender el camino de vuelta.

Noldo tenía ahora ambos pies sobre el patinete, que corría y corría. Se sentía como si contemplara el mundo desde lo más alto.

—¡Ajúa! –gritó.

Y luego, como si estuviera yendo a la deriva por un mundo líquido y tibio, Noldo sintió que su patinete se elevaba muy alto y, por espacio de algunos segundos que le parecieron

125

Noldo and His Magical Scooter

muy largos, sintió que no sabía dónde se hallaba...

¡Crac! Fue el último sonido que escuchó antes de hundirse en la oscuridad.

Capítulo 4

Casi tan rápido como su carrera cuesta abajo, la calle se había convertido en lo que le pareció un vuelo al espacio. Noldo abrió los ojos y se encontró tumbado entre matas y piedrecitas, parecidas a la tierra caliche de su casa. Pero, ¿dónde estaba su casa? Noldo se dio cuenta de que no había nada alrededor que le resultara familiar. Se dio la vuelta y se percató de que todas las casas habían desaparecido. De hecho, las calles pavimentadas eran ahora un par de surcos en la tierra. El arroyo estaba todavía allí, más arroyo que antes, sin bardas ni vallas de cemento que mantuvieran el lodo sin posibilidad de erosionar su cauce.

Pudo ver lo que parecían campos arados, loma arriba, ¿y acaso era una casa lo que se divisaba desde la distancia? Noldo estaba sorprendido y comenzó a sentir miedo. ¿Qué había pasado con su calle? ¿Cómo podría regresar a casa de su abuelita? Ella comenzaría a preocuparse pronto, y quizás preguntaría por él a sus vecinos. De seguro, tan pronto como uno de sus tíos volviera, saldría a buscarlo.

Se sintió de pronto sorprendido, aturdido por la desaparición del mundo que conocía, cuando vio lo que le pareció una carreta que venía calle arriba: una mula corpulenta delante, un pedazo de madera cortada y sin pulir, y sobre la plataforma que servía de asiento, un viejo hombre, con la cara arrugada y tostada por el sol, sujetando las riendas para guiar al animal. Tan pronto como se fue aproximando, Noldo notó que llevaba un sombrero de vaquero que tenía que ser tan viejo como la cabeza sobre la que descansaba. Bajo el ala del sombrero, se divisaban unos ojos de mirada profunda, una nariz afilada que asomaba desde la sombra, y de oreja a oreja aparecía una barba abundante y blanca.

Noldo escondió su patinete detrás de un mesquite y esperó a que el conductor de la carreta llegara hasta su lado. Por fin el paso rítmico de los cascos de la mula condujo la carreta hacia donde él estaba. Sin siquiera una señal del conductor, o al menos así se lo pareció a Noldo cuando la mula se detuvo.

—Buenas, chiquillo —saludó el hombre a Noldo. Eres

novato por estos rumbos, ¿verdad? ¿Y qué estás haciendo por aquí solo? ¿Te has perdido? —le preguntó este barbado anciano de otros tiempos.

—Buenos días, señor —contestó Noldo—. Echando mano de sus mejores modales, sin saber qué pregunta responder primero. Noldo estaba ahora más que asustado. La mula parecía querer echársele encima, y la cara del hombre estaba tan sumida en la sombra a medida que la inclinaba, que Noldo se sintió insignificante y solo.

—Me llamo Noldo, señor. Vivo cerca de aquí, señor, pero todo parece ser distinto. La casa de mi abuelita estaba justo aquí –dijo señalando hacia arriba de la loma, hacia el este, no viendo más que algunos árboles que reconocía, robles y álamos que crecía por toda la ciudad, y muchos mesquites y otros arbustos.

—No hay mucho más yendo hacia allá, muchacho, excepto árboles y arbustos –dijo el viejo hombre, señalando calle arriba con un movimiento de cabeza. Pero me dirijo hacia ese cerro, pues voy a la ciudad para llevar algunas provisiones y comprar algunas cosas para mi ranchito. ¿Quieres que te lleve, así veremos cómo puedo ayudarte?

Noldo no estaba seguro de querer subirse con un extraño, pero no sabía qué otra cosa podía hacer. Además, cuando más miraba al este viejo señor, más se daba cuenta de que lo había visto antes, incluso de que lo conocía. Cambió de parecer y aceptó el aventón para ver qué había hacia delante. Le echó un último vistazo al patinete, y todo lo que pudo ver fue un reflejo del sol proveniente del manubrio.

Noldo and His Magical Scooter

§ § §

La carreta retumbaba circulando sobre sus llantas de madera para poder alcanzar la cima del cerro desde donde Noldo todavía medio esperaba ver que la casa de su abuelita fuera a aparecer. Comenzó a escuchar ante sí lo que parecían ser truenos, pero una tormenta como la que había visto hacía apenas unas horas.

Y sin embargo, había oscuros nubarrones que salían como arrojados al aire desde los edificios, nubarrones que se fueron agrandando a su vista a medida que se fueron acercando a la ciudad. Noldo se dio cuenta rápidamente de que las nubes eran de humo. Parecía como si los edificios se estuvieran quemando en el corazón de la ciudad. Pero no escuchaba sirenas de coches de bomberos por las calles ni una multitud de gente corriendo hacia el fuego como hacía todo el mundo en la actualidad.

¡En la actualidad! De repente Noldo se sintió como si despertara, como si hubiera estado soñando. Casi se puso de pie en la carreta, y se hubiera caído si no hubiera sido porque su compañero de viaje lo sujetó presionándolo hacia abajo, temeroso de que se cayera de la ruidosa carreta. Se sentó de nuevo enseguida, y sintió que, a pesar de haber sido un día tan caluroso, un escalofrío lo recorrió entero. "¿Dónde estaba?" –se preguntó a sí mismo. Ya debían haber pasado cerca de lo alto del cerro. Ni siquiera se habían cruzado con un solo carro. Las farolas, la carretera pavimentada, todo se había esfumado, o tal vez nunca había existido.

—Parece como si el ejército de Santa Anna se tomara la revancha ahora. Están bombardeando la vieja misión —dijo el viejo señor—. ¿Ves el humo? Aquéllos son probablemente los cañones de pequeño calibre del General Santa Anna que están lanzando su carga contra los muros de la misión. ¡Imagínatelo! —soltó de golpe—. ¡Los mexicanos peleándose contra los mexicanos!

— ¿Señor? —Noldo trató de hablar, pero su mente estaba tan confundida, que aunque trató de formular varias preguntas, la mandíbula y la lengua no le permitieron que ninguna palabra le saliera de la boca.

— ¿Tienes miedo, m'hijo? —le replicó el viejo señor, mirando fijamente a Noldo por primera vez. Sus ojos eran tan oscuros que brillaban como una suave luz. Al oír Noldo la palabra *m'hijo* se sintió de repente a salvo. Volvió a él de nuevo su valentía.

—Sí, señor, tengo miedo. No sé dónde estoy, pero sí sé que mi familia va a estar preocupada. Mi abuelita... —y las palabras se le atragantaron al pensar en lo preocupada que estaría en estos momentos.

—Pensé que te habías perdido, Noldo —dijo el viejo señor, con una sonrisa que mostraba los dientes —. Por tu ropa y esa extraña cachucha sobre la cabeza, sé de seguro que no eres de por estos rumbos. Pero, ¿cómo llegaste aquí? —mientras hablaba dirigía la cabeza hacia donde estaban bombardeando, poniendo en ello de nuevo su atención. En los instantes en que sonaban los cañones, Noldo pudo escuchar un sonido parecido al de los cohetes, como cuando contempló el pasado año la celebración del Año Nuevo chino frente a un gran restaurante del centro de la ciudad. El crepitar de los rifles sonaba igual.

¡El Álamo! Por fin cayó en la cuenta de que los alrededores, la carreta y los edificios que lo rodeaban pertenecían al San Antonio de los tiempos de la Revolución de Tejas. ¿Estaban en 1836? A medida que se aclaraba su pensamiento del humo que todo lo envolvía... ¿Cuánto tiempo hacía que había estado con el Señor Tomás? ¿Cómo podía estar aquí, subido a una vieja y chirriante carreta arrastrada por una vieja y enjuta mula en mitad de una guerra?

—Señor, ¿el sitio al que nos dirigimos es El Álamo? —lanzó en voz muy alta Noldo. Sabía de seguro que se estaban dirigiendo en la dirección equivocada. Deberían de estar yendo en la dirección contraria, lejos de donde procedían los tiros.

—Sí, Noldo —fue la respuesta—. Estamos yendo hacia el pueblo para llevar comida y cereales a algunas familias que conozco. Apenas han tenido para comer durante días desde que los rebeldes se sublevaron contra la vieja misión. Nosotros, los tejanos, la conocemos como Misión de San Antonio de Valero, pero tienes razón, también se le llama El Álamo. Debe este sobrenombre a las tropas españolas que la ocuparon, hace unos treinta años. Eran de Álamo de Parras, Coahuila.

Noldo se sentó en la banca de madera áspera y permaneció callado, dándose cuenta de repente de que de alguna manera había retrocedido cien años en el tiempo, hallándose justo en medio de uno de los acontecimientos históricos sobre los que más se había hablado en su ciudad, incluso en el resto del país.

Al pasar sobre una roca del camino se sintió el socavón al bajar el vehículo, cosa que alertó a Noldo. Echó un vistazo por los alrededores y vio que la carreta se dirigía hacia una calle estrecha. Arriba, hacia el este, el fuego de los cañones se escuchaba de manera más ensordecedora. Parecía como si proviniera tanto de la derecha como de la izquierda, haciendo eco entre los edificios de dos pisos que se encontraban a lo largo de la calle. Al llegar a la intersección con otra calle orientada de norte a sur, el conductor guió la mula hacia la izquierda hasta dar con una calle más ancha, dejando ver una iglesia grande a mano izquierda y unas oficinas y tiendas por ese mismo rumbo. Entonces llegaron a otro callejón y giraron a la derecha.

—Tenemos que cruzar un puente sobre el río para llegar adonde están mis amigos –le dijo el viejo hombre a Noldo. Seguro de sí mismo, avanzando calle adelante, llegaron a un puente de madera sobre lo que parecía un pequeño arroyo. Si este era el río de San Antonio que conocía Noldo, podía inundarse con las lluvias de los meses de invierno. Recordaba que buena parte del tiempo él y sus amigos podían andar por las aguas heladas e intentar agarrar los pececillos que podían verse en los lados sombreados del arroyo.

De momento, el puente era la única manera de cruzar hacia donde sonaba cada vez más como la zona donde se estaba librando la batalla. Noldo tuvo más miedo que nunca. "¿Iba el viejo señor a llevarlo a esta zona?"

Al llegar al otro lado del puente, algunos soldados

Noldo and His Magical Scooter

vestidos con el uniforme mexicano los detuvieron. "¡Alto!" –les gritó un soldado para que pararan.

— ¿Qué negocio tienen aquí y qué traen en esa carreta? –preguntó el soldado. Marcaba sus palabras con el movimiento del extremo de una bayoneta colocada en la punta de su rifle.

El viejo señor les explicó que llevaba algunos víveres, comida sobre todo, a unos parientes y amigos que los necesitaban y que vivían muy cerca de la misión, ya que ellos no habían podido salir debido a que algunos se encontraban enfermos. Los invitó a registrar la carreta, esperando que lo dejaran continuar.

Enseguida los soldados bajaron la lona que cubría la parte posterior del carruaje y vieron varios sacos de frijoles y de maíz, junto a varias pilas de sábanas. Uno de los soldados pinchó las sábanas con su bayoneta e hizo lo mismo con los sacos de víveres.

—Pues, ¡ándale! –le dijo el soldado que mandaba, haciendo que se movieran, y el viejo señor sacudió las riendas golpeando las ancas de la mula, justo lo suficiente como para que el enorme animal comenzara de nuevo su trote. Noldo, a lo que se vio, mantuvo la respiración a lo largo de todo lo que duró el encuentro, y sólo se relajó cuando habían cruzado el puente y comenzaron a girar hacia el norte, rumbo a varios edificios.

§ § §

Armando Rendón, Esq.

Noldo estaba seguro de que la batalla se estaba librando justo al otro lado de las edificaciones de uno o dos pisos. Uno de ellos parecía ser un hotel –de dos pisos, con muchos cuartos y ventanas —, pero no se podía saber por cómo era la parte trasera.

Pudo ver por el espacio que había entre los edificios una gran plaza del otro lado. El humo formaba nubarrones por todas partes, los soldados armados con rifles corrían de un lado a otro, y la fachada de una iglesia dañada por los bombardeos y que le resultaba familiar aparecía con hendiduras y grietas. El sol comenzaba a ponerse, mientras el polvo, la polvareda levantada por los cañones y el fuego de los rifles comenzaba a disminuir.

El conductor de la carreta llegó a un edificio de solo una planta, construido con los troncos de los árboles de aquella área, parecido a un jacal, como los cobertizos que podían encontrarse en su barrio. Parecía sólo apto para los animales. El viejo señor arreó al caballo para que se parara, y después de liar las riendas alrededor de un mástil que se encontraba a un lado de la carreta, brincó desde el asiento y comenzó a juntar los enseres que se encontraban en la parte trasera.

—Ven, muchacho –pidió a Noldo —. Ayúdame a llevar estas cosas adentro.

Noldo saltó de su asiento, encontrándose al comienzo un poco inseguro al poner los pies en el piso. Los dos habían manejado por algún tiempo, pero los acontecimientos que Noldo había experimentado lo habían vuelto tembloroso. Se puso a moverse y a caminar alrededor de la carreta. El viejo señor le dio un par de pequeños sacos para que los

Noldo and His Magical Scooter

llevara y le puso un rollo de mecate alrededor de su hombro.

— ¡Vamos! –le dijo. Su voz era suave, incluso amable, pero Noldo sintió que a menudo había usado ese tono de voz para hacer que los hombres se movieran hacia el frente. Justo ahora, ese tono de voz le hizo cosquillas en el cuello.

El viejo señor se giró rápido hacia el jacal, cargando un montón de sacos a la vez. Noldo lo siguió, cargando un par de sacos él también. De alguna manera parecían pesados para ser sólo de frijoles y arroz. Dio varios traspiés porque no veía bien a causa de la oscuridad, y además el camino era difícil de ver y la superficie irregular debido a algunas piedras y arbustos que habían sido cortados.

— ¿Quién viene? –gritó alguien desde el jacal —. ¡No se acerque más! –advirtió. Noldo se agachó hasta ponerse junto al viejo señor, haciendo casi caer los víveres que llevaba.

— ¡Niño! ¡Párate! –ordenó de inmediato para que no se moviera—. Soy Doroteo y traigo comida y otros víveres para la familia Esparza –le informó a cualquiera que estuviera adentro, probablemente apuntándolos con un rifle.

— ¡Doroteo! ¡Muy bien; pasa, pasa! El hombre, oculto en la oscuridad, los urgió a que entraran. A medida que el viejo señor caminaba, Noldo lo hacía también a su lado, tan temeroso como había estado durante las últimas horas. ¿En qué problema se estaba metiendo?

Al atravesar la entrada, que era, pensó Noldo, una lateral del edificio, sus ojos detectaron a un pequeño hombre que estaba vestido como los peones o trabajadores de la tierra, con pantalón y camisa blancos. De repente,

Armando Rendón, Esq.

otros hombres, vestidos igual, salieron de las sombras de la casa. ¡Todos estaban armados!

Durante los minutos que siguieron, Noldo aprendió que los encargos del conductor de la carreta valían con mucho la pena. Los sacos contenían frijoles, arroz y otros víveres, pero también rifles –cientos de ellos, tal y como pudo comprobar. Los hombres del jacal estaban usando canastas con agujeros para guardar las municiones. Obviamente, necesitaban tanto la comida como las balas para combatir en la batalla.

¿Quiénes eran estos hombres? No eran soldados, pero tampoco se comportaban como campesinos. Deben estar del lado de los rebeldes tejanos que se encontraban dentro del Álamo, pensó Noldo, si no, ¿por qué iban a haber sido registrados por los soldados mexicanos si no es porque llevaban balas? Todos los hombres trabajaban callados y con rapidez. Doroteo había salido afuera para hablar con el hombre que le preguntó quién era cuando se aproximó al jacal. "Doroteo", susurró Noldo para sí mismo. Había algo divertido en aquel nombre, y no porque sonara a nombre de chica. Muchos nombres en español sonaban extraños hoy día.

Encendieron algunas velas para que aquellos hombres pudieran seguir extrayendo las municiones, saco por saco. Mientras los contemplaba, se cercioraba de que los hombres eran trabajadores, peones sobre quienes había leído. Ayudaban en los campos de los ranchos, con el ganado de las granjas, y hacían, además, los trabajos de menor consideración de las ciudades. Recordaba haber leído en algún sitio que aquellos hombres eran descendientes

137

Noldo and His Magical Scooter

directos de las tribus nativas que habían vivido en esta área durante siglos. Quizás algunos de sus ancestros habían ayudado a construir la misión original y a arar los campos que la circundaban para los monjes franciscanos que habían llegado junto a los primeros colonos mexicanos. Se imaginaba pudiendo hablarles para hacerles distintas preguntas. ¡Qué gran informe iba a hacer para su clase de historia en la escuela!

De repente, el conductor de la carreta y Gregorio, pues así llamaban al jefe sus hombres, caminaron de vuelta al cuarto y, como ya habían acomodado todo en su sitio, todos se voltearon hacia ellos. Gregorio les explicó con brevedad que iban a tener que estar listos a la mañana siguiente. Parecía que Santa Anna estaba preparándose para atacar, quizás al siguiente día, en un esfuerzo final de echar abajo los muros de la misión. Él y los hombres de aquel cuarto iban a mantener un contraataque desde la esquina noroeste del edificio para distraer a las fuerzas mexicanas en caso de que escalaran los muros. Los hombres iban a esconderse entre los árboles, en las casas y en los edificios dedicados a los negocios para disparar a los soldados en lugar de atacarlos directamente. Así es como hombres de gran valor ganaron muchas batallas durante la Revolución americana, que aun siendo muchos de ellos granjeros y comerciantes, eran buenos con el rifle, hombres dispuestos a pelear por la libertad contra un despótico rey de Inglaterra.

Noldo escarbó en su memoria para recolectar lo que sabía de la Revolución tejana. Casi podía estar escuchando hablar sobre los acontecimientos que terminaron en la batalla del Álamo a la Señorita O'Brian, su maestra de quinto grado, licenciada en historia por la universidad. Muchos colonos blancos se habían trasladado a Tejas en busca de mejores casas y de fortuna. Muchos eran buenas personas, pero también hubo especuladores ambiciosos que quisieron hacer dinero a través de tratos tramposos con la tierra y de la explotación de los mexicanos y de la gente nativa del lugar.

Capítulo 5

Muchos ciudadanos mexicanos se habían afincado en la zona de San Antonio a comienzos del siglo XIX con la idea de establecer allí sus hogares y encontrar una manera de vivir libres de la opresión que México había sufrido durante generaciones por parte de gobernantes tanto extranjeros como nacionales. Hacia 1830, Antonio López de Santa Anna se había hecho, no sólo presidente de México, sino también un tirano en muchos sentidos. Esa opresión la habían sentido los mexicanos que vivían en Tejas —ellos se llamaban a sí mismos tejanos. Tejas era una provincia que por ser frontera de territorios de la Unión americana, había sentido la presión de los inmigrantes anglos que llegaban a Tejas buscando un lugar donde vivir. Su sentido de la independencia era muy significativo para ellos, por supuesto, ya que, como provincia norteña, Tejas había estado aislada del gobierno central de la ciudad de México, Distrito Federal.

Los colonos anglos que se había hecho ciudadanos de México para poder comprar tierra y establecer negocios, se habían determinado a implantar un gobierno por separado, la República de Tejas la llamaron, lo que significaba que tendrían que conquistar su libertad con respecto a México, pero no sin el empleo de las armas. Ambos tipos de ciudadanos, tanto los anglos como los mexicanos de la provincia de Tejas, tomaron la decisión de hacer intervenir la fuerza de las armas para liberarse del gobierno de México.

Los hombres que estaban en este cuarto, comprendía ahora Noldo, eran rebeldes. Estaban dispuestos a vencer al Ejército mexicano para separarse de su tierra de origen. Noldo se dio cuenta de que esto significaba que estaban dispuestos a morir, si era necesario, para conseguir la libertad.

Algo más comprendió a medida que iba entendiendo el desenvolvimiento de la situación de la que ahora formaba

Noldo and His Magical Scooter

parte. Había llegado en la carreta que Doroteo había usado para pasar de contrabando balas de rifle y pólvora. Los soldados mexicanos hubieran podido imaginar que los rebeldes habían sido provistos de municiones por alguien y que quizás era el viejo señor de la carreta, el mismo que llevaba al chico a su lado. Llevar al muchacho consigo había sido una forma de hacer ver que el señor no era peligroso para ellos, sino que era un simple abuelo con su nieto trayendo provisiones a algunos pobres de la ciudad. Lo hubieran acusado de ser un espía, y Noldo sabía por las películas de espionaje lo que les ocurría a los espías si eran capturados en tiempos de guerra. ¡Híjoles, en qué problema había estado metido!

Una mano le tocó el hombro y Noldo casi da un saldo de medio metro. Era el señor Doroteo. El viejo señor se agachó hasta la altura de Noldo para poder mirarlo a los ojos. Pudo ver cómo el muchacho temblaba de miedo, y por un momento cerró los ojos y se mantuvo sin hablar.

—M'hijo, siento mucho haberte metido en esto. Cuando te vi al comienzo, parecías tan perdido y confuso que cometí el error de ofrecerte un aventón. Luego, a medida que nos aproximábamos a la ciudad, me di cuenta de que mi acercamiento a la línea de fuego iba a ser quizás más fácil con un muchacho a mi lado. Los soldados iban a dejarme pasar si pensaban que era sólo un viejo señor con su nieto haciendo actos de caridad. Fui muy egoísta por mi parte. Te he puesto en peligro, pero voy a asegurarme de que vas a estar a salvo y te voy a llevar a una casa lejos de aquí donde vas a estar con una familia que te va a cuidar y te va a llevar de vuelta...

Pero sus palabras se interrumpieron. Rodeó el hombro de Noldo con el brazo y le dijo:

—Perdóname. Me he aprovechado de ti y no quisiera que me odiaras. Quisiera que rezaras por mí mañana.

El chico estaba temblando ahora, pero de tristeza y miedo hacia el viejo señor.

—Lo perdono, señor, claro que sí. Yo... yo soy tejano también. Pero tengo miedo de lo que me está usted diciendo de mañana. Usted va a estar en la batalla, ¿verdad? Yo no quiero que me hieran.

El viejo señor sonrió a Noldo y le susurró un amable "Gracias", irguiéndose para a continuación echar un grito:

—Gregorio, por favor, haz que algunos hombres lleven a Noldo, mi joven amigo tejano, a tu casa para que esté a salvo. Dile a la Señora que ha sido un chico muy valiente y que merece todo nuestro agradecimiento.

En un momento eligió Gregorio a dos hombres para que escoltaran a Noldo y lo pusieran a salvo. El muchacho vio que le daba a uno de ellos una nota y una rápida orden. Se alejaron por una puerta de atrás de la casa, pasando por unos árboles y unos arbustos, y luego con dificultad cruzaron el río, que tenía agua suficiente debido a las recientes lluvias. Los hombres se mantenían cerca de los edificios y se apresuraron a través de las calles después de asegurarse de que no había patrulleros mexicanos. Fueron unos minutos muy emocionantes para Noldo, que había comenzado a gozar de la aventura, solo que antes de darse cuenta estaban subiendo los escalones de una pequeña casa que se hallaba toda oscura.

Noldo and His Magical Scooter

Los hombres que lo escoltaban tocaron con suavidad la puerta frontal, y cuando alguien preguntó adentro: "¿Quién es?", contestaron: "Hidalgo". Un momento después la puerta se abrió y fueron conducidos adentro. Noldo tomó nota del nombre: Hidalgo. Debía de haber sido una contraseña. Hidalgo era el nombre del famoso sacerdote, Miguel Hidalgo, que había levantado el grito de independencia a favor de México en 1810. Las lecciones de historia se le estaban agolpando todas juntas en la cabeza. El pasado se estaba haciendo demasiado real.

Sus protectores le explicaron a la mujer —la Señora Esparza, la llamaban— que Noldo había ayudado al Señor Arango a traer víveres para su esposo, Gregorio, y sus compatriotas. Le entregaron la nota que Gregorio les había confiado.

La Señora Esparza la apretó con la mano, sin leerla, e hizo un ademán para que el hombre y Noldo pasaran a otro cuarto donde había estado haciendo café. Bien pronto estaba Noldo sosteniendo una taza de chocolate caliente, junto con un plato de tortillas de maíz y frijoles. Una loncha de queso de cabra completaba el banquete. El chamaco no había comido en todo el día, pero no se había dado cuenta hasta ahora de lo vacío que tenía el estómago. Comió con gusto. Nunca una comida tan sencilla le había sabido tan buena.

Poco después habían terminado de comer y a Noldo le enseñaron un cuarto junto a la cocina. Había más personas durmiendo allí, pero la Señora le encontró un espacio, le hizo acostarse y luego fue a buscarle una sábana. Antes de que llegara a taparlo ya se había dormido.

Armando Rendón, Esq.

§ § §

Los rayos del sol le bañaron la cara tan pronto como Noldo se levantó a la mañana siguiente. Apartaron las gruesas cortinas, que habían mantenido la casa como un refugio oscuro a apenas algunos bloques de donde se libraba la batalla. Iba a ser un día de quemazón para todos. Noldo enrolló literalmente su cama, pues había dormido en un petate, una esterilla de paja que se extendía en el piso. Le dolía todo el cuerpo. Y cuánto echaba de menos su cama en aquel momento. Pero después de unos segundos de estar recordando, se dio cuenta de que estaba en la casa de los Esparza, y de que todos los hombres que habían estado en el cuarto cuando lo habían traído la noche anterior ya se habían ido.

La puerta se abrió y apareció un chico curioso, como de su misma edad, con un grueso cabello negro y una cara color café. Se le escapó una sonrisa a la vez que Noldo lo pillaba mirándolo.

—Buenos días –saludó —. Ya es hora de levantarse. De acuerdo, se dijo Noldo a sí mismo, y luego, le respondió al chico:

—Sí, buenos días. Me llamo Noldo, ¿y tú?

—Yo, Enrique. Mi mamá es la Señora Esparza –le informó el muchacho —. El sol está ya en lo alto y todo el mundo se ha levantado. Vale más que te des prisa si quieres llegar al desayuno.

Y con esa advertencia Enrique desapareció. Noldo se

dio cuenta de que tenía el estómago vacío y de que olía a algo rico que se estaba cocinando.

En un abrir y cerrar de ojos se puso sus tenis –había dormido vestido — y siguió al chico tan rápidamente como pudo. De seguro que en la cocina iba a encontrar un montón de hombres comiendo tortillas, frijoles y lo que parecían fajitas de res. Enrique le había guardado un lugar junto a él donde Noldo se sentó. La Señora Esparza le trajo con diligencia un cuenco de atole, espeso y con trozos de cereal y rociado de miel. ¡El aroma le recordó de repente al que hacía su abuelita! ¿Cómo estaría ella? Debía extrañarlo mucho pero, ¿cómo podría hacerle saber que estaba bien?

Enrique notó que Noldo había metido su cuchara en el cuenco, pero que había parado.

— ¿Qué pasó? –le preguntó —. ¿Qué ocurre? El atole está en verdad muy bueno. Mi mamá hace el mejor atole de por aquí.

—Claro, estoy seguro de que está muy bueno, Enrique, pero me recuerda a mi abuelita y a mis tíos, que están tan lejos de aquí. Y no sé si los volveré a ver de nuevo —. Noldo sorbió algo del atole, y con los ojos empañados se llenó la cuchara y comenzó a comer. El atole estaba en verdad muy rico, pero no tanto como el de su abuelita. Todavía tenía hambre, y algo le decía que iba a necesitar alimentarse para el resto del día.

Luego supo que Enrique era tan solo un año más joven que él, pero que había visto muchos conflictos en San Antonio. La lucha había estallado en el pasado entre los leales a México y aquellos, ya fueran mexicanos o americanos, que estaban frustrados y enfadados con la opresión que sufrían por parte del gobierno central, especialmente bajo el gobierno de Santa Anna. Enrique le dijo a Noldo que su padre, Gregorio, quería que hubiera paz en Tejas y que no creía que la violencia fuera una manera de conseguir esa paz. Le había dicho a Enrique que muchos de los colonos blancos querían romper con México porque los anglos querían hacer de Tejas un estado de esclavos y su padre se oponía a la idea de tratar a las personas como esclavas.

Durante días, Enrique le contó que Santa Anna había atacado El Álamo casi a diario, pero que los combatientes habían contraatacado a los soldados con rifles de fuego y cañones de gran calibre.

—Pero temo por mi padre, Noldo –le dijo el muchacho con una sombra de preocupación en la cara. Noldo se había acostumbrado a que Enrique sonriera todo el tiempo. Ahora le tocaba llorar. Apretó los labios y las comisuras de la boca se le tensaron.

— ¿Por qué, Enrique? –le dijo Noldo, agarrando a su nuevo y joven amigo por el hombro —. ¿Dónde está tu padre? No lo vi esta mañana.

—Anoche, después de irnos todos a la cama, mi padre y otros hombres entraron a escondidas. Mi mamá me dijo que algunas personas desde el interior dejaron caer un metate y que así pudieron escalar el muro norte hasta una de las ventanas situadas en la parte trasera de la misión. Mi padre está dentro del Álamo. Está encargado del cañón más grande porque ha combatido antes al ejército mexicano. Mamá dice que ya es un héroe, pero que la lucha

Noldo and His Magical Scooter

por la causa no ha concluido todavía —Enrique terminó su historia y ambos se quedaron en silencio, el joven muchacho temeroso por su padre, y Noldo impresionado por lo que le acababa de contar el chico, porque la historia del Álamo, de la que acababa de leer, estaba sucediéndole a él justo ahora.

Lo que más inquietaba a Noldo era que él conocía el final de la batalla de la vieja misión. Sabía que todos lo que la defendieron habían muerto, pero no se atrevió a decirle a su amigo lo que ya sabía. Nueve ciudadanos mexicanos habían combatido del lado de los pioneros americanos, incluyendo algunos personajes famosos de la época, y todos habían dado la vida por una causa que creían justa y necesaria. No todos peleaban por la mejor razón, bien lo sabía, y no todos quisieron morir en esta vieja iglesia, pero el padre de Gregorio podría haberse quedado fuera con su familia. En lugar de eso, eligió combatir por una causa que consideraba justa.

Armando Rendón, Esq.

Capítulo 6

Después del desayuno los dos niños pasaron el día rondando por el arroyo buscando renacuajos y pececillos en el agua fresca. Estuvieron sentados un buen rato bajo los robles que crecían silvestres en los alrededores. Cascaron las nueces que encontraron y se las comieron. Desde donde estaban, podían escuchar de tanto en tanto el rugir de los cañones. Tras un ataque prolongado a fuerza de cañonazos, paró el bombardeo y sólo se oyó el tiroteo de los rifles.

Enrique explicó: "El general Santa Anna ha hecho lo mismo repetidas veces. Cañonea la misión por un rato prolongado y luego envía tropas que tratan de escalar los muros. Es terrible porque hay muchos tiradores muy diestros entre los defensores y rara vez fallan. Mi padre

149

Noldo and His Magical Scooter

está encargado de uno de los cañones que oyes cuando los combatientes disparan a los soldados mexicanos, el que resuena más. Él me dijo una vez: "¿Por qué debo combatir contra los míos por la libertad? ¿Por qué no podemos entendernos y encontrar la manera de vivir en paz?". Yo no supe qué contestarle. Quizás algún día sí, pero por ahora...", y pareció que se le atoraban las palabras a medida que quería seguir hablando. En lugar de hacerlo, permaneció de nuevo en silencio.

A lo largo del día, Noldo y su nuevo amigo trataron de distraerse jugando a juegos que, Noldo se percataba, no habían cambiado después de cien años. Uno iba a ser el que corriendo tratara de pillar al otro, y así a lo largo de toda la mañana. Enrique era un corredor más ágil y casi todo el tiempo era Noldo el que trataba de alcanzarlo. El sol de la mañana apretó a medida que avanzaba el día y entonces jugaron a juegos más tranquilos.

Noldo comenzó a lanzar piedras contra un muro cercano al río, y al poco rato estaban los dos compitiendo para ver quién lanzaba la piedra más cercana a la pared sin tocarla. Noldo recordó haber jugado a este juego con sus primos, usando peniques y tirándolos contra el muro cercano al gran hospital del centro de San Antonio. Él era bueno con las monedas, pero las piedras era otra cosa muy diferente. Enrique volvió a ganar.

Cuando el sol llegó al cenit y dejaron de proyectarse las sombras de los muchachos al caminar, Enrique le dijo a Noldo que debían regresar a casa. Su madre tendría algo de comer para ellos, incluso si eran solo tortillas y frijoles. La provisión de víveres había ido escaseando durante las dos últimas semanas. Los granjeros de las cercanías no se habían atrevido a aventurarse dentro de la ciudad.

Algunas familias se habían mudado fuera de la ciudad, a las casas de amigos o familiares en los ranchos de las afueras. Muchos, sin embargo, no habían podido, por lo que se habían tenido que quedar para ganarse la vida vendiendo lo que podían, calzado, ropa, lo que fuese. Las tropas mexicanas se habían convertido en clientes, una buena fuente de comercio. Muchos de ellos hubieran pagado varios pesos por tortillas frescas. Un zapatero estaba haciendo un muy buen negocio al reparar el calzado de los soldados.

Cuando llegaron a casa de Enrique, la Señora Esparza tenía un montón de tortillas aguardándolos envueltas en un trapo de cocina para que se conservaran calientes y blanditas. Se las comieron con frijoles, y aunque Noldo todavía sentía hambre después de haber limpiado el plato, no pidió más y le dijo a la Señora:

—No, gracias, Señora. Ya me llené.

Noldo sabía que la comida escaseaba y que el almuerzo que su abuelita hubiera cocinado para él y sus tíos aquel día habría sido un banquete comparado con la comida que le acababan de servir.

Los dos chicos salieron afuera y encontraron una sombra bajo un viejo álamo que estaba floreciendo. Los pétalos blancos cubrían el piso alrededor del voluminoso tronco. Cada uno se sentó recostando la espalda contra el árbol, y después de comentar el calor que hacía y lo fresquito que se estaba a la sombra, se echaron a dormir.

§ § §

Las ráfagas del fuego de los rifles despertaron a Noldo de un sobresalto. Se escuchaban como si estuvieran demasiado cerca y, por primera vez, sintió él, se le hicieron demasiado intensas. El tiroteo se le hizo como una continua barrera de fuego, y luego escuchó el griterío de hombres exclamando ¡Viva México!, ¡Viva Santa Anna!, y de nuevo otra ráfaga de fuego disparada por todos a la vez.

— ¡Enrique, despierta! Suena como si hubiera habido un gran ataque por parte del ejército mexicano.

— ¡Qué! Sí, vamos a ver —. Agarró a Noldo por el brazo y tiró de él para ver qué había sucedido. Noldo trataba de parar a Enrique. No podía ser buena idea acercarse demasiado al lugar de la batalla.

—No te preocupes. Sé de un lugar desde donde podemos contemplarlo todo y a salvo –le aseguró Enrique, y siguió corriendo hacia un callejón cercano a un gran edificio que él ya había visto y que parecía un hotel. Se dieron prisa mientras los protegía la sombra del inmenso inmueble, pero cuando se acercaban al final del callejón que se cruzaba con la siguiente calle, Enrique se volteó para avisar a Noldo para que caminara con lentitud.

— ¡Cuidado! Podemos mirar a través de la cerca que se encuentra al final del callejón. Agáchate –le advirtió Enrique.

Cuando llegaron a la cerca, que era de hierro forjado, se encontraron con una muy mala señal. Los soldados mexicanos formaban una barricada frente a la misión, aunque muchos eran los que caían bajo la fuerte descarga proveniente de las murallas de la misión. Muchos ya habían muerto, por lo que algunos de sus camaradas estaban empujando los cuerpos tras las barricadas del otro lado de la plaza.

Unas cuantas tropas, algunas cargando escaleras, habían conseguido alcanzar los muros, pero en cuanto asomaban se encontraban con más descargas de fuego, por lo que retrocedían a refugiarse detrás de las barreras con los brazos heridos. Noldo no podía creer cómo los hombres podían obligarse a arriesgarse hasta morir en semejante ataque. El Álamo no era un fuerte muy grande, pero parecía como si los muros fueran lo suficientemente altos y gruesos como para resistir un buen número de ataques.

¡Chisss!

Noldo y Enrique se echaron al piso. Una bala había alcanzado la reja de metal justo encima de donde ellos estaban haciendo saltar pedazos de plomo hacia el muro cercano a ellos. Noldo sintió un dolor agudo en el hombro derecho. Automáticamente se lo agarró y sintió la humedad.

—Noldo, ¿estás bien? —gritó Enrique, y comenzó a tirar de su amigo de vuelta hacia la valla.

¿Sería que alguien en el fuerte los había divisado, e imaginándose que formaban parte del enemigo, les dispararon? Noldo estaba seguro de que el enrejado de hierro forjado había sido lo único que lo había salvado de estar muerto. De momento, él y Enrique se hallaban en plena retirada, dirigiéndose hacia el callejón para

Noldo and His Magical Scooter

encontrarse a salvo −o eso esperaban ellos −.

Esta vez Enrique se cercioró de que la calle estuviera vacía antes de aventurarse a salir. Le hizo un ademán con la cabeza a Noldo queriéndole decir que todo estaba en orden y salieron al callejón que los llevaba de vuelta a la casa de los Esparza. Enrique le revisó el hombro a medida que aceleraban el paso, pero le pareció algo de poca gravedad. Se trataba de un pedazo de metralla que le había raspado la carne y desgarrado la camisa al rozarla. Sin embargo, si hubiese pasado a unos cuantos centímetros a la izquierda, le habría dado en el cuello. Al mencionárselo a Noldo, Enrique sacudió la cabeza como diciendo: "Podría haber sido muy grave". Noldo se dio cuenta de que su valiente amigo había visto mucha más sangre y gravedad que las que él se habría podido imaginar.

En unos segundos se encontraron en su casa, y tan pronto como entraron, Enrique le dijo a su madre lo de la herida, por lo que se ocupó inmediatamente de Noldo. La Señora Esparza echó agua de la jarra hecha de barro, como la que su abuelita guardaba en el comedor para mantener el agua fría incluso en los momentos del día de más calor. Ver la jarra hizo que Noldo se calmara. Se había asustado por el repentino dolor y la angustia que había sentido al pensar en que la herida hubiera podido ser fatal. Sólo ahora se daba cuenta de que un francotirador casi los había alcanzado con sus disparos. Enrique parecía menos preocupado. Esas batallas y disparos al aire eran un hecho cotidiano en la vida de los Esparza y la gente que vivía en San Antonio en esa época.

La jarra era como un sostén para Noldo. Le recordaba

a su abuelita y su seguro hogar, pero también le trajo un pensamiento de vuelta: ¿Cómo iba a regresar a su casa?

El agua fresca le corrió por el hombro, pero tuvo que morderse la lengua para no gritar. Eso es lo que hubiera hecho un chiquillo, pensó. La Señora Esparza le limpió la herida, que estaba en carne viva debido al pedazo de metal que se había instalado al rozarlo. A continuación, le aplicó un linimento que también notó como fresco y suave. Había tenido mucha suerte, le dijo la mujer, mientras vendaba con un trapo limpio la herida y se lo pasaba bajo el brazo un par de veces. Con los dientes, la Señora Esparza rompió la venda en dos tiras para poder atarla y hacer una lazada que asegurara el vendaje.

Con el vendaje alrededor de la herida Noldo se sintió mucho mejor, aunque bien cansado y exhausto. La Señora lo condujo a una habitación oscura de la parte trasera de la casa, lejos de la calle, e hizo que Noldo se acostara en un jergón blando que había en el piso. Se recostó y muy pronto, así como repasaba en su mente lo acontecido durante el día, cayó rendido.

§ § §

—Noldo, Noldo —lo llamaba alguien desde lejos, aunque él no podía reconocer la voz. Sonaba extraña, como si la persona estuviera susurrando su nombre a gritos.

—Despiértate, hermano —seguía diciéndole la voz —. Levántate, hermano –"pero aún no había amanecido, ¿no?", se preguntaba Noldo. Además, él no tenía hermanos, pese a que hubiese sido bueno tener uno, así hubiera podido enseñarse a jugar al trompo, especialmente a aquel rojo que era su favorito.

Abrió sus ojos en cuestión de segundos preguntándose por qué el hombro le dolía tanto, mientras alguien sujetaba una linterna cercana a él para tratar de alumbrar sus ojos, esfuerzo que hizo que le dieran unas punzadas en el hombro.

—Noldo —era Enrique, su nuevo amigo.

— ¿Enrique, estás bien? Nos dispararon, ¿verdad?

—Sí, y puedo comprobar que te duele mucho el hombro. Mi madre lo limpió mientras estabas durmiendo, y puso algo de linimento, que es bueno para heridas como esa. Te va a doler durante algunos días, pero luego vas a estar bien, okay, como dices tú —le aseguró su amigo —. Sin embargo, tengo noticias que te van a traer problemas, Noldo —y su voz se fue apagando a medida que bajaba la vista. Estaba sujetando un costal hecho de carrizo y llevaba puesto un sombrero.

— ¿Qué pasa? —preguntó Noldo, sabiendo a medias lo que iba a escuchar.

—Debemos sumarnos a mi padre en la misión. Se ha corrido la voz de que mi madre y yo, mis hermanos y mi hermana estamos en peligro de que nos encuentre el Ejército mexicano. Sería fatal si nos capturan y nos usan en contra de mi padre, así que tan pronto como se haga de noche vamos a internarnos en la misión. Hay un camino por el lado norte que nosotros ya conocemos.

— ¡No, Enrique, no lo hagan! —gritó Noldo. Tomó a su amigo por el brazo con el brazo sano suyo, que era el izquierdo, y Enrique lo arrastró hacia atrás, ayudando a Noldo a levantarse del petate.

—Por favor, amigo, baja la voz, alguien podría estar escuchando y darse cuenta de que hay gente adentro de la casa.

—Claro, claro –susurró Noldo como con una carraspera; tenía la garganta reseca y apenas podía hablar. Lo que acababa de saber sobre lo que estaba aconteciendo en El Álamo lo afectaba de un modo intenso. El fuerte sobreviviría, pero ninguno de sus defensores salvaría la vida después del amanecer del día siguiente. Sin embargo, no se atrevió a decir ni una sola palabra de esto a su joven amigo.

—Enrique –susurró Noldo —, ten cuidado. Cuida de tu madre. Todo saldrá bien.

—Enrique, ven –lo llamó su madre cautelosamente al entrar en el cuarto, y cuando se le acercó con los brazos abiertos, Noldo superó su tristeza y la abrazó sin quererla dejar ir. Pero claro que Noldo sabía que no podía retener la historia.

La Señora Esparza rodeó con los brazos a los dos chicos al guiarlos fuera del cuarto. Para sorpresa de Noldo, Don Doroteo estaba de pie allí, sujetando su sombrero desgastado.

—Nuestro viejo amigo te va a llevar de vuelta a casa, Noldo –dijo la señora —. Me dijo que debes de vivir en el lado oeste de la ciudad, pero no estaba seguro. Como quiera que sea, te llevará a casa –y con una amabilidad que Noldo vio como la postrera, le puso un saquito en las manos, aún caliente, con las tortillas que le había preparado para el viaje.

Noldo tuvo que contener las lágrimas porque no quería que Enrique se diera cuenta de sus sentimientos sobre lo que iba a acontecer a continuación. La pequeña familia salió a la oscuridad de la noche por la puerta trasera, lo que fue para Noldo como una premonición por lo que ya sabía.

Se dijeron en voz baja adiós y Noldo abrazó a Enrique fuertemente, reteniéndolo como el amigo que se le iba y al que no iba a volver a ver. Algunos hombres se encontraban en el jardín recordando a la madre y a sus hijos que se dieran prisa y que no hicieran ruido. Cuando se alejaban hacia la oscuridad, sus figuras se perfilaron en el polvo y el viejo señor empujó la puerta para cerrarla.

Rodeó con el brazo a Noldo y guió al muchacho hacia el cuarto donde había dormido la noche anterior.

—Noldo, quiero que duermas porque mañana partiremos muy temprano, al alba. Es demasiado peligroso viajar ahora, pero debo volver a mi hacienda para tratar de buscar más suministro para los que están defendiendo la misión. Y trataré de ayudarte a encontrar tu casa –dijo el viejo hombre.

—Pero, Señor, mi amigo Enrique está en peligro, así como su padre... —Noldo no pudo acabar la frase. No podía creer lo que ya sabía sobre los sucesos del día siguiente.

—Ya lo sé, Noldo, mi joven amigo –replicó el viejo hombre. Su voz sonaba triste y abrumadora —. Mañana van a encontrarse en serias dificultades, pero confío en que todo saldrá bien. Mientras tanto, debes descansar. Mañana tendremos un viaje largo y peligroso para ambos.

Armando Rendón, Esq.

—Sí, Señor. Pero será difícil dormir sabiendo lo que sé —dijo Noldo, su voz también estaba cargada de tristeza—. ¿Por qué tiene que haber tanta guerra? Me gustaría que esto no estuviera ocurriendo.

Noldo se acomodó en el delgado petate que estaba sobre el piso y se cubrió con una cobija. Oyó a su amigo salir y cerrar la puerta con cautela. Tal y como su abuela le había enseñado, comenzó a orar por la seguridad de Enrique y de su familia. Sabía que la mañana le iba a traer a su amigo una gran congoja, y que San Antonio no volvería a ser nunca lo que fue.

Se fue quedando poco a poco dormido al querer articular estos pensamientos en una oración. La excitación y el miedo, la tensión y el haber estado de un lado para otro todo el día hicieron que se durmiera dando descanso a su cuerpo y a su mente.

§ § §

—Noldo, levántate, que ya es hora de irse —dijo el Señor Doroteo mientras le tocaba a Noldo en el hombro izquierdo recordando que el derecho había sufrido el tiro de un rebelde.

Noldo recordó a su abuelita llamándolo por las mañanas para ir a la escuela, y lo mucho que detestaba levantarse enseguida. Esta mañana, no obstante, se hacía cargo de dónde estaba y casi brincó tan pronto como supo que era el Señor Doroteo quien llegaba por él.

—Ven, tengo una palangana de agua en la cocina

159

Noldo and His Magical Scooter

para que te refresques la cara antes de irnos –le dijo —. Te ayudará a despertarte. Necesito tu vista para el viaje.

Noldo se puso los tenis y fue a la cocina para rociarse la cara con el agua, todo en un momento. Estaba más fría de lo que imaginaba, pero cumplió con la tarea de hacerlo más alerta. El baño, el jabón y las toallas que solía usar no existían, así que se frotó las manos y la cara lo mejor que pudo con agua y un paño.

Al entrar en la cocina Doroteo le alargó un saquito que, dijo, contenía las tortillas que Doña Ana había envuelto para él la noche anterior.

—Llévate esto, Noldo. Lamento que no vayas a tener mucho más que comer por un buen rato. Ándale, muchacho, ponte este poncho porque aún hace frío afuera. Esta zona no es más que desierto, ya lo sabes.

Con un movimiento rápido, el viejo hombre le ajustó el poncho cuadrado al chico e hizo que asomara la cabeza a través de la abertura del centro. En unos segundos Noldo entró en calor. No se había dado cuenta de cómo eran los alrededores por la fogosidad que sentía.

Con un gesto, el viejo hombre hizo una señal a una pareja de señores mayores que había en el cuarto y que se habían levantado para que pudieran apagar las luminarias que les habían alumbrado el camino. Noldo escuchó a uno de ellos dirigirse hacia la puerta. La abrió tantito y por la rendija se coló el gris del cielo del amanecer. Doroteo escuchó por unos segundos y luego abrió la puerta de par en par. En voz baja llamó a Noldo. El chico se dirigió a él, y al chocar con el señor, oyó que le decía: "Agárrate a mi poncho, Noldo, y no te separes. Si nos perdemos ahora, va a ser muy difícil encontrarte. No podemos llamar la atención haciendo ruido, ¿entiendes?"

—Sí, Señor, no me separaré de su poncho —promesa que apenas llegó a los oídos del viejo hombre.

—Bien. Vámonos.

De repente, como si las palabras del señor hubieran sido una orden para abrir fuego, los cañones rompieron la calma del amanecer.

Cuando cruzaron un amplio espacio entre edificaciones, se pararon y giraron hacia donde provenían los cañonazos. La quietud agrisada del cielo quedaba iluminada cuando reventaban las explosiones. Los estallidos de luz que detonaban en el cielo iban aumentando, abriendo con toda probabilidad más agujeros en los muros de la misión. El viejo señor y el niño se pusieron de pie, boquiabiertos, como si estuvieran contemplando una exhibición de fuegos artificiales, pero sus caras, iluminadas por un estallido que había explotado a medio camino entre la tierra y el cielo, resplandecieron con el miedo intenso que sentían por los amigos que se hallaban dentro del improvisado fuerte.

Don Doroteo rompió el maleficio al voltearse de repente y sujetar al chico por los hombros para acelerar el paso.

—No es bueno para nosotros estar a campo abierto, así, como estamos, Noldo —le advirtió —. Hay mucha gente en esta zona dispuesta a disparar primero y preguntar después.

Noldo apretó el paso con la última frase. Le recordaban las películas de vaqueros que había visto en el cine Azteca del centro de la ciudad. Los habitantes de la historia del Salvaje Oeste tenían tanto miedo de los bandidos que estaban dispuestos a disparar a cualquier extraño que pasara por la calle principal. ¡Pero esto no era una película, pensó para sí, y yo soy el extraño!

Al franquear los callejones y las calles, a veces atajando entre las casas y los ranchos, podían continuar escuchando los cañonazos, siendo a cada paso más difícil de oír el fuego de los rifles.

De repente se paró Don Doroteo y casi pasa Noldo por encima de él.

— ¿Qué es, Señor? ¿Qué pasó? —le preguntó mientras tocaba la manga del viejo señor, quien ladeó la cabeza como si se esforzara por escuchar los sonidos de la batalla.

—Los cañones han parado. Eso quiere decir que el escuadrón de ataque está cargando contra los muros. Hay fuego de rifles —le dijo a Noldo —. Me temo que son malas noticias, m'hijo.

Capítulo 7

Noldo se dio cuenta de lo que el viejo señor estaba a punto de decir. Hoy era el 6 de marzo, el día de 1836 en que las tropas del ejército mexicano, dirigidas por el General Santa Anna, habían tomado El Álamo, abierto brechas en los muros, entrado como una avalancha dentro de la plaza y combatido para encontrar el camino a las barracas y a los cuartos que guardaban los víveres, llevándose por delante a todos sus defensores y matando hasta el último hombre.

El libro que había leído en casa relataba que las fuerzas mexicanas habían invadido a los que manejaban el cañón de gran calibre, para luego girarlo hacia los anglos y otros defensores tejanos. El hombre encargado del grupo de defensa del cañón era Gregorio Esparza, el padre de su amigo Enrique. Afortunadamente, nadie de la familia que se había refugiado en la misión había sido herido. Enrique estaba a salvo, pero había perdido a su valiente padre.

Continuaron moviéndose tan rápido como podían en la penumbra hasta que unos momentos más tarde brincaron sobre una loma y Noldo vio la carreta. Estaba amarrada a un granado de poca altura del que las flores comenzaban a brotar. Era otra remembranza de su casa, puesto que su abuelita tenía uno en el jardín frontal.

Doroteo, que ahora jadeaba, le dio la mano a Noldo para ayudarlo a alcanzar el asiento de la carreta. El viejo señor se movió rápidamente para desamarrar a la mula, y luego, gruñendo, se subió a la carreta. Tomó las riendas y las sacudió varias veces sobre el lomo de la vieja caballería para que se girara hacia el oeste, lejos del estruendo de las armas que tronaban a sus espaldas.

El estruendo de la batalla se ensordeció y poco a poco sintieron el sol ascendiendo tras de sí mismos, por lo que dejaron de sentir el frío que pasaron al salir de la casa de los Esparza. Ni el hombre ni el chico hablaron por un buen rato. El conocimiento certero de lo que había sucedido en El Álamo pesaba sobre ellos.

Cuando se acercaron a la cima de una larga subida donde Noldo recordaba haber visto los edificios de la ciudad al fondo, el chico miró hacia atrás. Las nubes de humo oscuro señalaban el lugar de la batalla, pero no pudo reconocer ningún edificio en particular. El sol se manifestó como una calima luminosa sobre los edificios. La batalla debía haber terminado.

Don Doroteo se detuvo y echó un vistazo hacia atrás. La expresión de su mirada era bien severa. Noldo sintió que había perdido a sus amigos allí, y quizás algo más. ¿Sería el México que él había conocido toda su vida el mismo después de la batalla?

— ¿Está usted bien, Señor? –le preguntó con calma al hombre, viéndolo más ahora como a un abuelo tras haber compartido tantas aventuras.

—Sí, Noldo. He vivido muy buenos momentos en mi vida, y también otros muy tristes, pero hoy, algo ha muerto en mi corazón. Me preocupa que haya más muerte y destrucción en los años venideros, y que al final, mi gente, nuestra gente, se enfrente con un futuro incierto. Eres un buen chico, Noldo, —le dijo girándose para poderlo mirar de frente —. Has visto mucho estos días, igual que yo, actos de coraje y de crueldad, pero espero que recuerdes que mientras el valor es importante para la gente, el honor se erige sobre el entendimiento y la confianza. Durante estos últimos días, tanto el coraje como el honor han sido puestos a prueba, y no estoy seguro de cuál de los dos ha salido victorioso.

A una sacudida de las riendas sobre el lomo de la mula las llantas de la carreta comenzaron a rechinar otra vez, haciendo que los dos amigos rebotaran en sus asientos mientras daban la vuelta hacia el camino. Pronto estarían donde Noldo había dejado su patinete. Sería estupendo verlo de nuevo, pensó Noldo, pero poco a poco se durmió, apoyándose en el hombro de su viejo amigo. El sol calentaba tanto a su espalda...

Noldo and His Magical Scooter
§ § §

Al ir despertándose, Noldo fue notando algunas figuras difusas que lo rodeaban. Sentía un fuerte dolor de cabeza, pero no como esas punzadas que le daban cuando se había roto un hueso, de las varias ocasiones en que le había pasado de chamaco.

A él se dirigían algunas voces, voces que escuchaba como apagadas, como si tuviera la cabeza cubierta con una cubeta de lata. Alguien no dejaba de decir: "Despiértate, muchacho". Bueno, el señor quería que se despertara, pero Noldo temía que el zumbido de su cabeza empeorara. Sintió una mano fuerte y firme sobre la frente y otra sujetándolo por debajo de la cabeza. Esa cálida presión le ayudó a calmarse y pronto pudo abrir los ojos.

El señor mayor que había visto poniéndole la mano sobre la frente la retiró. Llevaba alrededor de la cabeza una bandana roja y blanca que dejaba ver una larga melena cayéndole sobre la espalda. Este señor le resultaba familiar, y sin embargo, Noldo no pudo ubicar su afable cara. El muchacho se incorporó despacio cuando el señor le tendió la mano. Sintió una punzada en el hombro derecho y notó que tenía una marca roja oscura en este mismo punto, sobre la camisa. Hizo una mueca de dolor a medida que se incorporaba para sentarse erguido.

— ¿Te encuentras bien, amigo? Te diste una buena caída –dijo el viejo señor, como si Noldo no se hubiera dado cuenta ya —. Tuviste suerte de que mi vecino no tuviera prisa en retroceder, que te viera venir y que luego viera cómo tu cacharro se desbarataba. Fue a llamarme para que viniera y viera en qué condición te encontrabas. ¿Pues cómo estás?

—Supongo que bien. Me duele mucho la cabeza. ¿Cómo está mi patinete? –preguntó Noldo, recordando de repente su invento y que el manillar había salido por los aires.

—Yo diría que tu patinete, como tú lo llamas, está en peores condiciones que tú, pero también diría que eso está muy bien –dijo, bromeando un poco con la aventura de Noldo.

— ¿Te sientes lo suficientemente fuerte como para levantarte? –inquirió el viejo señor, visiblemente preocupado por la condición del chico, todavía aturdido por la caída.

—Ven conmigo, amigo. Te haré un té que te aliviará enseguida –le dijo mientras lo ayudaba a levantarse.

Noldo se movió tambaleándose un poco y con cautela hacia la puerta frontal de la casa del señor, girando sobre una curva de la acera de cemento hacia el porche de la casa de estuco que estaba situada a poca distancia de la calle. Por un momento Noldo tuvo una visión breve de esta casa. Se le ocurrió que ya había estado aquí antes, pero había sido hacia la tardecita, ¿o no?

—Mi joven amigo, la gente de por aquí me llama Don Manuel. ¿Cómo te llamas? –pregunto a su vez a Noldo, ya sentado en un sofá cercano a la puerta.

—Noldo, Don Manuel. Vivo allí, arriba de la calle, hacia el centro de la ciudad –respondió Noldo, sin saber cuánto más decirle al amable señor. Se sentía apenado por su caída y temeroso de tener problemas si Don Manuel le decía a su

Noldo and His Magical Scooter

abuelita lo que había sucedido. Ella no le consentiría que se subiera de nuevo al patinete.

—Te voy a traer agua, Noldo. Te diste una buena caída, sin romperte ningún hueso, sí, pero quizás mañana te veas algunos moretones –le dijo este señor de pelo canoso —. Y tienes un corte en el hombre que necesita cuidado –añadió a medida que entraba a otro cuarto.

Unos minutos más tarde Don Manuel volvía con una jarra de barro, una vasija como la que su abuelita guardaba en la cocina. De alguna manera el barro mantenía el agua fría durante todo día, dulce y fresca. Noldo aceptó una taza del mismo barro rojizo que la jarra y le dio varios sorbos mientras miraba cómo Don Manuel quitaba varios vasos y cuencos de cristal de encima de la mesa. Parecía como si hubiera estado mezclando varias yerbas medicinales, como hacía su abuelita cuando quería cierto tipo de té para el estómago o el dolor de huesos.

Se acordaba de los tés de su abuelita, de los que probaba a veces cuando tenía dolor de estómago. El sabor era por lo general horrible. Al hilo de este pensamiento tuvo otra visión, como un relámpago, de una visita al anochecer a una casa como la de Don Manuel.

Ahora se acordaba. Lo sujetaba su abuelita de la mano. Ella lo llevó varias veces de visita a esta casa, o a una como esta. Él la esperaba en el porche hasta que salía de vuelta, siempre con su bolsa de mercado tejida llena de saquitos de hierbas o botes de aceites que usaba para diferentes dolencias. Su abuelita tenía dolores a menudo. Trabajaba todo el día, pensaba él, cocinando y limpiando, y luego lavaba y planchaba para otras familias. No le extrañaba que

168

a su abuelita le doliera siempre alguna parte del cuerpo.

Noldo no había vivido lo suficiente como para saber a ciencia cierta cómo su abuelita había trabajado para sacar adelante a siete chamacos desde que su abuelo murió durante la época de la Depresión. Él había escuchado a retazos cómo ella y sus siete hijos se habían esforzado para poder hacerla hasta final de mes. Algún día, se prometió, tengo que sentarme con mis parientes mayores a escuchar la historia completa. Mas ahora Noldo se sentía cansado y todo adolorido, aunque cómodo en el viejo sofá de la sala de estar de Don Manuel.

El señor mayor volvió con una taza de té que acercó a Noldo.

—Bebe un poco, amigo. Le he echado algo de miel para endulzarlo un poco. Sé que, si no, no te va a saber bien, ¿qué no? –Don Manuel tenía razón. Al tragar el brebaje caliente Noldo sintió un indicio del sabor amargo de las hierbas que Don Manuel le había hecho en una infusión que resultaron en aquel té. Por suerte que le había echado miel, pensó.

—Gracias, Don Manuel. Sabe bien –dijo Noldo, tratando de beberse el brebaje sin poner caras raras.

A medida que le iba dando sorbos parecía que el sabor se iba mejorando y que comenzaba a gustarle. Puso la taza vacía sobre la mesa que estaba junto al sofá y se reclinó hacia atrás, sintiendo el calor del té correrle por el pecho y suavizándole el dolor que le había ocasionado el golpe al caerse.

—Noldo –escuchó que el viejo señor lo llamaba, tocándole en el hombro para despertarlo; había estado

Noldo and His Magical Scooter

dormitando —. Te he traído tu máquina, la escúter. Te la he arreglado. Tan solo necesita algunos clavos para sujetar el manubrio, pero está tan bien como si fuera nueva. Estoy seguro de que la puedes montar para volver a casa, pero con cuidado —le dijo Don Manuel al chico al verlo llevar el patinete hacia donde él estaba.

— ¡Guao, sí que está bien! Gracias, Don Manuel. Híjoles, ¿cómo es que la ha arreglado tan rápido? ¡Usted debe de ser un mago! —exclamó Noldo. El patinete, efectivamente, se veía en muy buenas condiciones. Tiró del manubrio, sacudió el marco y comprobó que parecían lo suficientemente sólidos. De seguro que podría maniobrarlo de regreso a casa, pero despacio. Además, iba a ser cuesta arriba.

Noldo sacó el patinete por la puerta con mosquitera y se volteó para darle las gracias a Don Manuel. El señor se quedó de pie, sujetando la puerta y diciéndole adiós con la mano.

—Gracias, Don Manuel. Espero verlo pronto —le contestó.

Al echar un vistazo hacia atrás, Noldo vio una escena maravillosa: la cara y el cuerpo de Don Manuel se diluían en la penumbra del cuarto que quedaba tras él, con la excepción del cabello blanco que le coronaba la cabeza. Sólo podía verle las manos, elevadas a la altura del hombro y con las palmas vueltas hacia él, resplandeciendo en la luz pálida de la tarde.

Noldo se giró con rapidez para poner un pie sobre el patinete y empujar con el otro. Con el impulso repentino los ojos se le llenaron de reflejos de luz y todo comenzó a darle vueltas en la cabeza sin darse cuenta ya de más porque todo lo veía blanco.

§ § §

Muy apenas, con personas a su alrededor, comenzó a escuchar voces yendo y viniendo. La gente hablaba en un tono muy serio. "Están hablando probablemente de mí", pensó. Se daba cuenta de que lo que estaba escuchando eran los murmullos de varias personas paradas alrededor de su cama. Sintió el suave contacto de las sábanas en su cuerpo y la mullida almohada bajo la cabeza. Aunque estaba tratando de no moverse hasta saber quiénes eran todos ellos, debió haberlo hecho, porque de repente todos se quedaron quietos y él sintió cómo alguien se inclinaba hacia un lado de la cama.

—Noldo, ¿puedes escucharme? Soy el Dr. Olivas y estás en el Hospital Santa Rosa —le dijo el médico con su joven y firme voz.

Noldo abrió los ojos con lentitud, lo justo como para asegurarse de que el mundo en el que había crecido era el mismo. La última vez que había salido de la oscuridad se había visto a sí mismo en un sendero polvoriento... y un siglo atrás. El cuarto estaba iluminado, pero él sólo podía ver al médico flotando sobre él.

—Noldo, parece que has tenido una contusión leve. Te golpeaste en la cabeza con algo fuerte cuando te caíste... —y el doctor se volteó hacia alguien que estaba detrás de él e intercambiaron algunas frases. Luego se giró hacia Noldo y le dijo:

—... de tu patinete. Después, cuando te estabas yendo de la casa de Don Manuel, te mareaste y te desmayaste. Por cierto, ¿cómo te hiciste ese corte en el hombro? Parece como si algo te hubiera rasgado la carne. Es curioso que también semeja como si alguien te hubiera tratado la herida. En realidad es como si se te hubieran estado curando, aunque vas a tener siempre una cicatriz como recuerdo de este día.

—Híjoles, no lo sé, doctor —dijo Noldo, casi en un susurro. Sabía de seguro que nadie creería lo que le había pasado apenas ayer. ¿Ayer?, se cuestionó a sí mismo.

—Permíteme que te examine los ojos, ¿de acuerdo? —le dijo el médico iluminándoselos con una luz tan pronto como Noldo los abrió del todo.

—Dr. Olivas, quisiera decirle algo, algo sobre la batalla de El Álamo. Necesito saberlo de inmediato —le dijo.

—Bueno, Noldo, dime qué es. Tengo un poco de idea de lo que sucedió en El Álamo. Quizás pueda ayudarte. —El doctor se puso a pensar que el golpe de Noldo podía ser más grave porque se estaba comportando de una manera extraña, preguntándole sobre El Álamo. De momento quería seguirle la corriente.

—Doctor, ¿sabe usted si había familias en El Álamo durante la batalla, y si pudieron escapar?

—Dios mío, Noldo, qué buena pregunta. De hecho, sabemos que había al menos dos familias refugiadas, podríamos decir, en la misión durante los últimos ataques.

Armando Rendón, Esq.

Todos sobrevivieron, pero murieron los padres de familia.

—Estaba la familia Esparza, ¿verdad? –Noldo buscaba que le diera más detalles.

—Sí. Afortunadamente para la viuda y para sus hijos, el padre, Gregorio Esparza, fue el único entre los defensores cuyo cuerpo no se calcinó bajo las órdenes de Santa Anna – el doctor le habló susurrándole mientras que le examinaba el oído, y luego, a medida que le colocaba el estetoscopio por el pecho y la espalda, añadió:

—Gregorio se salvó de ese destino porque él y su hermano habían servido con valentía como regulares del ejército mexicano y su hermano consiguió un permiso para rescatar el cuerpo de Gregorio de entre los defensores de la misión.

Y hablando más alto, añadió:

—Bueno, pareces estar bien, Noldo, pero quiero que te quedes aquí toda la noche para asegurarme por la mañana de que estás bien.

Le dio una palmada a Noldo en la espalda. A continuación se oyó que alguien tocaba a la puerta. Se abrió y apareció el Tío Roberto seguido de Don Manuel.

—Noldo, ¿cómo estás m'hijo? –le preguntó el Tío —. He recibido una llamada de Don Manuel. Me contó lo que te sucedió, que cuando salías de su casa te mareaste, me imagino, a pocos metros de su porche. Don Manuel llamó a un vecino que tenía carro y te trajeron al hospital. Chamaco, nos has dado un buen susto a todos.

—Justo ahorita le estaba diciendo a Noldo –añadió el médico — que va a pasarse toda la noche aquí, de manera que podamos vigilarlo por un buen rato para asegurarnos

Noldo and His Magical Scooter

de que está bien.

—Claro, doctor. Lo entendemos. Tengo que ir a casa cuanto antes para decírselo a su abuelita. Estará muy preocupada. Oiga, por cierto, —añadió —, alguien tenía muchas ganas de verte.

Su Tío dio unos pasos y le hizo un gesto a alguien. Rafa se acercó a un lado de la cama de Noldo y los dos amigos se sonrieron e intercambiaron miradas de amistad.

— ¿Qu-vo?, Noldo. Me alegro de que estés bien, amigo. Te traje tu cachucha de béisbol. La encontré junto a ti y la agarré allí mismo, en la casa de Don Manuel. Cuando no regresaste después de tanto tiempo... Bueno, ni modo, me alegro de verte, eso es todo —concluyó Rafas lo que para él había sido un discurso muy largo mientras le ponía la cachucha sobre el pecho.

—Híjoles, gracias, Rafas, eres un auténtico camarada —respondió Noldo mientras tomaba la cachucha —. Espera a que te cuente lo que he visto y aprendido mientras volvía... bueno, fue como hacer magia, Rafas —pero Noldo paró aquí, dándose cuenta de que nadie creería su historia, porque por ahora, ni siquiera él se la creía.

—Bueno, supongo que debes descansar, pero no te olvides de que la próxima vez me toca a mí montar primero —le recordó Rafas a Noldo.

—Claro, con las ganas que tengo que volver a montar de nuevo —coincidió Noldo.

— ¿Cómo dices, Noldo? —le preguntó su Tío —. Yo no estaría tan seguro de eso. No se te olvide que tu abuelita no sabe todavía nada de la vuelta tan arriesgada que has dado

Armando Rendón, Esq.

cuando bajaste al arroyo en ese artefacto, sin mencionar lo que tus tíos y yo tenemos que decir al respecto.

Noldo y Rafas se miraron entre sí con una gran sonrisa de lado a lado. Sabían que bien pronto iban a subirse de nuevo en el patinete mágico.

Una reflexión tardía

Varios días después los médicos diagnosticaron que tenía buena salud y Noldo fue a la biblioteca a ver a su amigo para averiguar algo que le había estado inquietando desde su aventura en El Álamo. Recordó el nombre del viejo jinete de la carreta, Doroteo Arango. Se trataba de un nombre muy particular, y él quería saber si este señor mayor estaba relacionado con la historia mexicana de alguna manera. No podía recordar de quién se trataba. La bibliotecaria, que conocía bastante de la historia de México, y de la de Tejas en particular, le recordó a Noldo que Francisco "Pancho" Villa fue un héroe de la Revolución de 1910. Pero ese no había sido su nombre verdadero. Villa había nacido como Doroteo Arango. Noldo había mezclado la historia de alguna manera en su viaje de regreso de La Batalla de El Álamo. O la historia lo había confundido a él.

Aquel día, mientras lo llevaba el camión de vuelta a casa, veía los edificios de oficinas y las tiendas del centro de la ciudad, para luego cederle el paso a casitas muy cuidaditas. Noldo se preguntaba qué hubiera sido ser niño en aquellos días de la Revolución en México. Seguro que a él le gustaría saberlo...

Nota sobre el autor

Armando Rendón creció en el barrio del oeste de San
Antonio, Tejas, y gran parte de la historia de su héroe y
de su ambiente semejan bastante la vida y la época de su
autor. Armando se mudó a California en 1950, pero ahora
cree que atesoró sus recuerdos de infancia para escribir
esta primera en una serie pensada para contar las historias
de un chicanito que creció en un período de desafío de la
historia de los Estados Unidos, justo después de la Segunda
Guerra Mundial.

El mismo Armando tiene una historia multifacética,
que va desde haber trabajado duro en los períodos de
vacaciones que le daba la universidad, cuando los pasaba
afanado en una fábrica de bolsas de papel de estraza,
hasta sumarse a la campaña a favor de los derechos de
los trabajadores agrícolas, durante las cuales conoció y se
hizo amigo de César Chávez y de Dolores Huerta; desde
licenciarse en Filología Inglesa para luego, veinte años
más tarde, ser Doctor Juris (entre ambos períodos había
conseguido una maestría en Educación); ejerció como
periodista en los años 60's de una serie que estudiaba en
profundidad cómo ayudar a las organizaciones chicanas
e indígenas a favor de los derechos humanos, para luego
ser reportero semanal de un periódico hasta escribir su
Chicano Manifesto, el primer libro sobre los chicanos
escrito por un chicano, en 1971. Es fundador y editor de una

Armando Rendón, Esq.

revista cibernética, *Somos en escrito*, creada en noviembre de 2009 y a la que se puede acceder en el siguiente sitio de la red: www.somosenescrito.blogspot.com

En la actualidad, Armando vive en Berkeley, California, con su esposa, Helen. Sus cuatro hijos viven cerca de ellos, lo que hace que ser abuelo de cinco nietos se convierta en una profesión divertida.